钱万成

——著

万 成 作 品 选

# 事不堪回首

散文卷 I

时代文艺出版社

图书在版编目（CIP）数据

钱万成作品选. 散文卷 / 钱万成著. —长春：时代文艺出版社，2018.11（2021.5重印）

ISBN 978-7-5387-5961-7

Ⅰ. ①钱… Ⅱ. ①钱… Ⅲ. ①散文集－中国－当代 Ⅳ. ①I217.2

中国版本图书馆CIP数据核字（2018）第183818号

出 品 人　陈　琛
责任编辑　杜佳钰
装帧设计　孙　利
排版制作　隋淑凤

钱万成作品选·散文卷

钱万成　著

出版发行 / 时代文艺出版社
地址 / 长春市福祉大路5788号　龙腾国际大厦A座15层　邮编 / 130118
总编办 / 0431-81629751　发行部 / 0431-81629755
官方微博 / weibo.com / tlapress　天猫旗舰店 / sdwycbsgf.tmall.com
印刷 / 保定市铭泰达印刷有限公司
开本 / 880mm×1230mm　1 / 32　字数 / 630千字　印张 / 32
版次 / 2018年11月第1版　印次 / 2021年5月第2次印刷　定价 / 238.00元（全五册）

图书如有印装错误　请寄回印厂调换

# 目 录

# 天堂里的母亲

　　母亲谭淑清，1926年生，吉林省梨树县孤家子镇老公林子人。1944年远嫁黑龙江省龙江县柳树乡西双龙村。父亲原本与母亲同乡，家在孤家子镇前钱家屯。1933年，父亲七岁，随祖父北迁，落户龙江。父母同年，同为大户人家子女，又在各自的兄弟姐妹中排行第四，故人称四哥四姐。他们的婚姻是童年父辈议定，还是亲友撮合，无从查考。父母一起生活了二十四年，共生育八个儿女，其中五个夭折，只剩下姐姐、弟弟和我。1968年腊月初九，在一个大雪纷飞的日子，她永远地离开了我们，去寻找她的天堂。那一年，我九岁，母亲四十二岁。

　　母亲嫁到黑龙江的时候，西双龙还是一个仅有上百户人家、上千口人丁的小村落。村庄坐落在黑河北岸，隔河便是内蒙古扎兰特旗的大黑山。村落沿川而建，背靠青龙山、白虎山。在两山之间，黑河沿岸是上百平方公里的草甸子。春暖花开，莺飞草长，狭长的草甸子就像一条铺开的地毯。我家在村子东头，是一个有四间正房、六间厢房的宅院。正房中间为灶房和过道。东屋住着祖父祖母，里间便是客房。西间住着父母。东厢房是仓库，装着粮食和农具，西厢房是马厩，养着四匹高头大马。房是泥草房，院是石头院，院的西南是猪舍鸡舍，东北则是茅厕。院里有一口水井，石头砌的井台，青干柳做的轳辘。无论冬夏，一打水就吱吱呀呀地响。大车永远放在门口，门的右侧是一排拴马桩子，下边还吊了马槽，那不是自家用的，是专为马贩子准备的。门前是一条东西路，弯弯曲曲进山。路是沙石路，石多沙少，马蹄一叩便咔咔有声。路的两侧是树，树的两侧是田。向左过了大田便到了山根儿，向右过了大田便连了草甸。草甸中间便是黑河，距家门有三五里。河宽几十米，陡峭处是岸，金黄色的是河滩。水小的时候，岸平水缓，如遇山洪下泄，整个草甸便一片汪洋。待大水撤去，田边的壕沟里、甸子上的低洼处，有水便有鱼，可用瓢舀，可用桶装，还可以把裤腿系上，临时做成口袋来装鱼。鱼多吃不过来，猪啊狗啊、鸡鸭鹅便帮着吃。末了，还要晒些鱼干儿，留到冬天做祖父的下酒菜。那是1944年，日本人已在中原、华北节节败退，苏联红军开过了黑龙江。长春、哈尔滨、齐齐哈尔等大城市兵荒马乱，日本军队、苏联军队、国民党中央军、共产党的地下党，出出入入。但哪支队伍都没有开到这里，因为这里偏远，处于吉林、黑龙江、内蒙古三地交界，成了世外桃源。母亲就是在这里生养了我们，埋葬青春，也埋葬了生命。

祖父在梨树老家的时候原本是地主，靠种田维生。到母亲过门的时候，他已弃农从商。家里购置的田地，由短工和佃户打理，车马则由父亲经管。祖父经商不同于买进卖出的小商小贩，也不同于设有多少个商号的富豪巨贾。严格地说，他不是真正的商人，只能算个掮客。可他这个掮客又从不做对缝买卖，他只给那些贩马贩粮的人作保，从这个意义上讲，相当于古代的担保公司。祖父做保无须金银，也无须田产，他只用他的人格。祖父在家族中排行十三，人称十三爷。在亲兄弟中排行老三，也叫三爷。他生得五短三粗、胖头大耳、慈眉善目，又天生古道热肠，有求必应，见穷就帮，故而人送雅号钱三娘娘，或十三娘娘。祖父善交，朋友遍及吉黑两省，乃至奉天、内蒙古、山东、河北以及京城，但最多的是吉林、黑龙江、内蒙古。那时贸易大多以货易货，很少动用银两。他的工作十分简单，就是每天坐在家里喝酒，接待来自天南地北的朋友。祖父善饮，且量大，一日不撤桌，可饮白酒三斤，尚能日日不倒。在家待客自然要有人伺奉，没娶儿媳时，家里雇有佣人，因为祖母是位又瘦又小的小脚女人。母亲嫁进家门之后，便成了佣人。端茶倒水，洗菜做饭，劈柴烧炕，折床铺被，事事躬亲。那时，祖父的日子红火，天天门庭若市。来往的车马，院子里停不下，就停到大街上，甚至邻居的院子里。贩马贩粮的人走南闽北不分昼夜，所以，客人到家无规律可循，早来早接，晚走晚送。三更半夜，窗外马铃铛一响，母亲就得起来去招呼客人。贩马贩粮大都在冬闲时节，冰天雪地，进院的人都是满头满脸白霜，看不清鼻眼。父亲帮着卸车，母亲便得烧水做饭。母亲在世时讲，那时天冷，滴水成冰，有时出外打水，人就被冻到井台上。一使劲，脚抬起来了，鞋却粘在了那儿。那时候打水要用柳罐，不敢用铁桶，如用了铁桶，一不小心，手就和铁桶粘到了一起。

母亲生在大户人家，虽未读书，却通情达理。她对丈夫言听计从，对待公婆如同父母，招呼客人更是热情周到。久而久之，便积劳成疾，二十几岁就得了痨病。痨病，用现在的名词解释，就是心肺综合症，也可以说是肺结核加心脏病加气管炎。一到冬天又咳又喘，严重时还要吐血。母亲身子本来单薄，得了痨病便愈加消瘦，可母亲天生要强，更要脸儿，入夜强忍病痛，也不肯哼叫一声。据说，在姐姐之前的几个孩子都因母亲身体太弱，要么没足月就流了产，要么刚生下来便夭折。姐姐是母亲吃了保胎药才留下的，那是1952年，西双龙和全国一样，已经解放，母亲的生活状况已有所改善，不用再整天为那些来往的客人做佣工。可那时家道已经衰落。因为在1948年土改的时候，祖父向政府捐了所有田产和车马，政府为了鼓励他，也为了给更多有田产的人做榜样，就让他当了农会主席。祖父十分义气，又是天生要面子的人，组织如此信任，哪有不鞠躬尽瘁之理。他在捐了田产之后又捐钱财，还响应政府号召送儿子去碾子山兵工厂为共产党赶马车。那时，祖父已年近花甲，由于操心劳累，便一病不起。他得的病是中风，那时叫半身不遂。不能说话，不能下地。祖父母只生父亲一个孩子，父亲去了山外，照料祖父的担子便全压在了母亲肩上。母亲为祖父煎汤熬药，擦粪裹尿，从不叫苦，从不厌烦。街坊邻居都说，三娘娘没白积德，娶了谭四小姐这个儿媳，有福。

后来，姐姐出世，爷爷病无好转，母亲再无力支撑这个家。父亲便辞了兵工厂的工作，回到了西双龙。之后就是我出世，祖母去世。全家第一次承受丧亲的打击。1958年，"大跃进"，家家户户封灶去生产队吃大食堂。1960年，苏联老大哥向中国逼债，全国进入困难时期，家家户户灶下缺柴，瓮中少粮。母亲就把家中仅有的一点粮食留给祖父和我，她和父亲则吃糠和野菜。后来，野菜也接不上溜，就扒树皮。野菜和树皮吃得母亲满身浮肿，一摁一个大坑。那时，她才三十几岁，已是满头花白。为给祖父治病，父母卖了家中所有值钱的东西，最后卖了仅有的老屋，举家搬到了十里外的东双龙居住。在我的记忆里，东双龙的房子只有里外两间，外间是灶房，里间搭了南北炕，爷爷住南炕，父母和姐姐住在北炕，中间拉一个幔帐。1964年，祖父去世，弟弟出世。母亲也便一病不起。她整日趴在枕头上咳嗽，痰中总是带血。后来父亲就用大马车把母亲拉到了景星，拉到县城朱大坎去救治，还拉到五大连池疗养，可都无济于事。

到了1967年冬天，母亲便瘦得失了人形。那日，父亲去了扎兰屯卖粮，姐姐带着弟弟去舅爷家串门，只有我趴在炕上陪着熟睡的母亲。过午的时候，我叫她吃药，可怎么叫她都不醒，我就大哭，我知道再也无法唤醒母亲了。我叫回姐姐和弟弟，便疯了似的向下沟跑去。姐姐让我去给老姥姥（母亲的婶娘）报信。雪花大朵大朵地飘落，东北风吹在脸上犹如刀割。出了村，路已被雪埋上，举目一片苍茫。好在我知道路沿河而走，跑了一个小时，终于见到了老姥姥。我们一老一少抱在一起，霎时哭成泪人。

送走祖父的时候，已经是家徒四壁。为给母亲治病，更是负债累累。所以，母亲下葬的时候，没穿上像样的寿衣，只能用她在世时一件旧了的青衫代替。母亲也没用上真正的棺椁，而是用了一口祖传的板柜。送葬的时候，我在队伍前打着灵头幡，九岁的我已经无涕无泪，哭了的倒是那些乡里乡亲。他们说，老天爷真是没长眼睛，谭四这么好的人，怎么说带走就带走了呢？她才四十岁啊，扔下一帮孩子，她咋这么狠心呢？谭四这一生真是太苦、太可怜了，活着受罪，死了受贫，谁见过这么苦的女人啊！母亲去世，对父亲打击极大，不久他便得了癌症。眼见自己将不久于世，便把我们姐弟三人带回了他的老家。他说那里有一家当户，他死了，也好有人照顾我们。

1972年，父亲下世，埋在了吉林省梨树县孤家子。至此，十一年间四位亲人相继离开了我们，母亲和祖父祖母留在龙江老家，父亲留在梨树。我们姐弟三人陆续来到长春，在这座陌生的城市开始了新的生活。姐姐育有二男二女，皆已成家立业。弟弟育有两女，也都参加了工作。我有一个儿子，在中国的最高学府攻读博士。相信亲人们地下有知，也当感到欣慰吧！我们也曾想过，接过世的父母和祖父母来这片土地上团聚，并在福山寿明园为他们订置了一块墓地。可因种种原因，始终没能把他们迁来。每每想到这件事情，我内心都十分歉疚。我对不起他们，特别是对不起我的母亲。

母亲，我苦命的母亲，您一生含辛茹苦，却始终无怨无悔，您宁可自己吃苦受罪，也从不忘照顾别人。您把青春、生命和爱全献给了公婆、丈夫和儿女，您是这世界上最伟大的母亲。俗话说，好人不长命，但好人死后都能去天堂。愿您一路走好。我原想让您在明年清明和父亲团聚，可明年闰月，搬迁不宜。那就等到后年吧，后年一定接您回来，让儿孙们用爱安妥您漂泊的灵魂！

# 少年读书记

　　族中在我们这一支里，读书是绝无先例的。太祖肩担六子离开登州，远徙千里到这遥远的关东来，为的就是寻片富土。富土寻到了，根便扎下了，百年繁衍，根深叶茂，子孙当以数百计。可据谱书所志，读过书的，更确切地说读成了书的却寥寥无几。特别是我们这一支，则更为可怜，曾祖事农，祖父事商，到了父亲则与车马为伍，祖祖辈辈俱与文字无缘。好在社会变革，家亦颓败，父亲为我等生计才算离开了那曾使他的父辈们荣耀过的山沟，让他不肖的后人得了读书的缘分。

　　读书的缘分是有了，可这十几年却读得十分艰难。先是搬迁前在沟里读耕小，先生是一个姓程的河北人，个子极小，棱头凹脸，形象甚为羞人，无妻室，听说是为了逃荒才流落到我们这沟里来的。那时沟里识字的人比世上的金子还少，他虽只有五年文化竟也成了"圣人"。耕小距我家极近，同街两院，算起来也不过三五丈远。初成班时，收的都是十一二岁的孩子，男多女少，且个个淘气，他们总是学先生的老奄口音，后来竟偷去老师的粉笔到大街上乱画，把先生画成一个跛脚王八。先生气愤不过就卷了铺盖，后来是村里的长老们苦苦求情才算勉强留下。这一次该我幸运，只有六岁的我，因常常趴门听先生讲课，得了先生的青睐，所以在第二次成班时便被收为正式学生了。

可是不久，我们这条沟里唯一土生的秀才——那个在县城里读书的中学生——就回沟里来搞"文化革命"，说我们的先生是逃亡地主崽子，没有多久就给斗跑了。先生跑了，学校也便黄了，我们先是各回各家依旧去摔泥炮、掷砣子，或是男男女女过家家。玩够了便想着法儿去作弄人，比如爬进谁家的院子里去偷瓜果，或是把一条虫子扔到胆小女孩子的脖子里，把那些一向神气的公主们当猴耍。惹出祸来自然要受到惩罚，轻则一顿臭骂，重则屁股要挨巴掌。我比同班的孩子都小，这种神淘的乐趣自然是享受不到的，那时母亲患病，我每天都要关在屋子里陪伴她。母亲是个极其聪颖的女人，她很后悔当初没跟舅父们学点文化。但她的故事却讲得十分精彩，我在第一次辍学的日子里，每天都读母亲的"瞎话儿"。

母亲去世以后，父亲把我们从龙江带回到他的老家吉林梨树一个叫孤家子的地方，这里学校之大真是让我开了眼界，光老师就比我们耕小的学生还多呢。入学的那天，我几乎成了动物园里最受欢迎的动物，一进校门就被一大群孩子给围住了。当老师把他们轰散的时候我才知道，他们是在看我头上那又土又怪的木梳背呢。这里的学校比沟里的学校正规得多，按点上课，按时放学，全校全由一只我在沟里从未见过的电铃控制。看电铃的是一个老头儿，听说早年当过国立完小的校长。我以前在沟里也读了两年完小，可我们沟里的学校几乎以劳动为主，不是为学校开田，就是帮老师种地。老师招之即来挥之即去，宛如山大王和一群喽啰。可惜在这所学校里我只读了半年书便因家计而不得不辍学放猪。十二岁的我把整个夏天都放牧在荒湾里，读怨天恨水的寂寞，读阴风淫雨的凄苦。不过，在当时我并未觉得日子怎样难过，可现在想来却不能不为自己惊讶。

上了中学，读书在学校里便不似从前那么看得很重了，批白专道路，为工农业生产服务，我记得我只上了不足两年的文化课便进了专业班去学做治病救人的赤脚医生了。

严格地说，我在学校里是不曾真正读过书的，我之所以能比同辈人多识得几个汉字，几乎全是从古典小说中得来的。初到孤家子时，有位长我几十岁的远房八哥待我甚好。八哥不是读书人，但八哥的父亲确乎坐过几年私塾的，他家里收藏了不少古书，诸如《大学》《中庸》《古文观止》《三国》《红楼》之类。皆为古版，枯纸线装，读来虽如啃骨，今日想来却深得其益。不过当初并未想过将来要嘱文作赋，只是在没书的日子找本书看罢了。在当时，前几种书我是没能力看的，看文言如同天书。但后几种常听老人们念叨，书中的故事烂熟于耳，所以倒可以嚼一嚼。向八哥借书不是件容易的事儿，他虽不识字，却视那些故物如宝。他说破"四旧"时要不是八嫂子把它们藏到窖里，这些东西早就化之为灰了。但八哥对我总是例外，八哥说我和族中的其他孩子不一样，说我聪明，说我应该是一个读书人（八哥说他是会批八字的）。我常在放猪时把书带到荒湾去看，这也是八哥的主意，他说这样免得别人看见。在荒湾里读书是不易的。猪虽然不吵，但它们总渴望着自由，你一不留神，便有神勇者窜到了崖上，去偷吃地里的地瓜或玉米。那时虽没有分田到户，但公家的东西被牲畜糟蹋了也是情理难容的，所以就得格外小心。猪，用点儿心思留点儿神可以管住，但天是没人能管住的，刚入湾时还艳阳高照，转眼就大雨瓢泼。刚打开的书还没有来得及看上几眼，雨点儿就打湿了书页，雨大衣单，藏在怀里也无济于事。后来就专门带一块塑料布，这样才可让书免遭雨淋。即使这样，书仍读不安生，因为读书就不能拾柴草，没有柴草就不能生火做饭。因此，读书忘了拾柴，回家还要挨骂。

古人云：少年不知勤学早，老来岁月成蹉跎。我想这话还是对的。不知今日的年轻朋友们如何想法？少时无书找书，青灯黄卷读得津津有味；时下有书贪逸，想读却总是难读。我真希望能再返少年重温旧梦，放下赶猪的鞭子悄悄去找八哥。

# 春天的怀念

　　在我小的时候，山里的春天总是来得很迟。过了大年，爹就说要打春了，或备绳套，或修犁铧，然后便取下屋梁上的玉米穗儿，让我们一粒一粒地搓。锥子是万万使不得的，伤了胚芽就会误了一年的收成。选完种子打春的日子果真就来到了，这一天妈妈总要切一块萝卜给大家，说这叫啃春。谁不希望第一个尝到春天的味道呢？抢到了头里的说春天甜，摊着尾的说春天辣。在这样的日子里我总不愿意去抢，他们吃兴正浓的时候我总是望着窗外，我知道只有燕子归来时春天才会到呢！春天是我们的季节，折根柳条儿拧个柳哨儿，满街上去吹，招蜂儿蜂来，唤蝶儿蝶到，那情趣儿真比吃了蜜糖还要甜呢！可燕子却迟迟地不来，我便开始怀疑它们是和春天一起被隔在很远的地方了，心里真的有好多时日快活不起来呢。

后来开学的日子就到了，学校里依然生着火炉，木桦子噼噼叭叭，烤在手上烤在脸上，暖暖的痒痒的像有无数条小虫儿在爬。出了门儿依旧是棉衣棉帽，树冠也依然是光秃秃的，僵枝上栖着几只可怜的鸟儿，畏缩着，怕冷的样子。哪儿有一点春天的影子呢？我索性不再等待，也不再着意去想，渐渐地便将这苦了我好多时日的事儿给淡忘了。忽一日，老师说要开队会，并说要带我们中队去山里"捉坏蛋"。我们高兴极了，可妈妈说什么也不让去，说天儿太冷，说山里有狼。环儿来找不许，萍儿来找不许，最后我只好偷逃出来，匆忙中竟将装好的饭盒落到了家里。

山，在我的家乡是不稀罕的。房前是山，屋后是山，村左是山，村右还是山。山山相环，岭岭相抱，似一道天然的围墙将小屯牢牢地围在中间。我们的目的地距村子不远，然而却须得翻过一道山梁，那坷坷坎坎的石路难走着呢。"捉坏蛋"是我们那个时代山里少先队的传统活动。记得姐姐像我们一样大时也曾参加过，看她当时那神气劲儿我羡慕得要死，便缠着带我同去，她自然是不肯，说那是集体活动，怎么能带一个小孩子呢？说话时俨然如一个长者，气得我有好多日子不肯理睬她呢。

到了目的地，太阳还没有爬上山顶，我们插旗扎营整装待命。"侦察小组"终于从山上下来，于是中队长一声令下，我们便分头"出击"了。武器是没有的，老师让我们把红领巾提在手上，以防遇见野狼。据说狼最怕这种火的颜色呢。我和萍儿环儿在一个小组，我们的目标是大山的顶峰。那山算不得很陡，但在我们的感觉中却是极高。我们爬啊爬啊，好不容易才爬到山腰。回望山下，似见了另一个世界，路如一条浮动的白线儿，旗是一个跳跃的红点儿，人就更小得可怜，活像一只只小蚂蚁呢！山腰和山脚的气温有些差异，先是萍儿说冷，后来环儿也说冷，再后来脚下就出现了薄薄的残雪了。萍儿提议下去，环儿也犹豫不定，可我总想着立功，因为捉了最大的"坏蛋"可以奖一支钢笔呢！我们继续向山顶上爬，奇怪的是风越来越暖了，到了山顶才意识到，我们爬过来的是阴坡，太阳正在对面山上等着我们呢。

我们在山顶一无所获，便由阳坡向另一条沟里搜去。路上萍儿搜到两块橡皮一支铅笔，这样那神秘的沟下便更增添了它的诱惑。当我们三个人闯入坡底时，奇迹发生了，我真疑心我们进入了什么天堂呢。一条溪水不知从什么地方爬来，岸上的野杏树上挂满粉白的骨朵儿。地面上的草芽儿如一只只嫩黄的耳朵，听到我们的脚步并不惊慌，那情态真像是被淙淙的水声给陶醉了呢。山里的鸟儿也好像一下子都聚到这里来了，飞啊，唱啊，快乐不已，见了我们似乎显得十分地亲热呢。我们都忘了"捉坏蛋"的事儿，竟做了这神奇之地的俘虏了。

天近午时，集合的哨音传来，我们才如梦方醒。匆匆地折了几棵杏枝儿，环儿说把它插到水瓶里，春天就会在屋子里开放了。这时我才忽然想到了关于春天的事儿，我从哨春时起就等待的春天不就藏在这里吗？它并没有走远，它是在和我们捉迷藏吗？我要把这个发现告诉给爸爸妈妈，告诉给老师和同学。这一天我虽一无所获，却十分地快乐和满足，因为我在心里解开了一个谜，也装进了一个秘密。我自忖春天从未离开过我们的，它总是藏在一个什么地方等人们去寻找。大人们总是等啊等啊，只是他们不知道这个秘密罢了。

# 不幸的女人

在我认识的女人中，母亲算是最不幸的一位了。

母亲姓谭，可叫什么名字我们都没有听说过。她生于旺族，外祖父家曾是南荒地方有名的富户，地有千垧，人以百计。至于宅子，我们都说不太清，听说那一年胡子来打响窖，光正房就被烧去了十八间。外祖父是有名的枪手，可没等走上炮台就遭了暗算。经过这一场劫难，这个家便开始衰败下来了。母亲在族中的姊妹中排行第四，姨姨舅舅们都叫她四姐儿。母亲怎样嫁到这山里来我也同样没听人讲起过，不过我想这总与祖父的声望有些关系。

祖父原也是南荒人，祖父的家也是与谭家毗邻的大户。据活着的老人说，地、宅、人都在谭氏以上。可后来族中不和，便闹得四分五裂。其责任可能在于五爷和三爷，这我听大我三十岁的远房三哥说过。

祖父在族中排行十三，分家以后便携妻儿到这山里来了。在钱氏族中我们这一支人稀，祖母只生了父亲一个。

祖父是个能人，年轻时就爱结交四方好友。

祖父是个善人，人送绰号十三娘娘，听说在南荒时，年轻的祖父也曾和一班侠士扯旗占草，立志要杀富济贫。可后来他见不得血，于是便开始了另一种为善的生活。

也许正因为这样，母亲在家道中落后才嫁到这山里来。那时山里人少，山上土肥，开片荒地就打粮。在祖父的帮助下，外祖父家很快就恢复了小康。

我说母亲不幸是在她做媳妇之后。

我们居住的这条沟南连黑山西接兴安老林，过了黑河便是老蒙古的属地。祖父不但和汉族人友善，与蒙古族人也通好。那时蒙古人每年都通过我们这条沟到朱大坎、碾子山去卖马，我们家便成了这些蒙古商人的客栈了。

到了这条沟里，我们家是不雇长工的。地里的活儿由父亲照料，忙不过来时找些短工。家里的活儿则由母亲操持，家里是没人帮衬的。

母亲十六岁结婚，直到病倒从未放下过饭担儿，祖父总有客人，每客必酒，每酒必菜，母亲在世时说，只要有客人来她便是一天半宿别想上炕的。蒙古族人个个都是海量，祖父也是海量，那时的酒都是土烧，父亲说祖父高兴时一天喝过三斤。

父亲憨实，但很愚鲁。他天生就是一个不懂得疼爱妻子的丈夫。这事儿不单与祖父有关，我想与曾祖也有关。曾祖在族中排行第六，族中好事自然总是抢不上前的，所以他的孩子都很少读过书。祖父幼时乖巧，是在堂哥的书房外偷识得几个字儿。可到了父亲境况就不一样了，到了读书的年龄就来了这没有先生的沟里，加之祖父整天在外，于是就把这件人生中最关键的事儿给耽误了。

父亲是十分孝顺的，他常常在出山时忍饥挨饿，用省下的钱给祖母买点心，也常常背着偏瘫的祖父到五里外的下沟去看大戏，可是就是不知疼爱母亲。听人说母亲年轻时常常挨打，原因大多是因为在劳累后当父亲的面儿发牢骚埋怨祖父。但是最凶险的一次却是因为祖母。据说那一次父亲把母亲浸到冷水锅里，险些丧了性命。

母亲生了我，命运才算有一次转机，那年父亲三十三岁。据说在我之前母亲曾生过七个儿女，只剩下大我七岁的姐姐，其余六个都是在不足月就断送了转世的机缘。我想这与母亲终生的劳累和得不到父亲的体贴不会没有关系的。可母亲的好景不长，大概在我四五岁时便发了痨病，在这段日子里父亲好像变成了另一个人，那时山里日子紧巴，他几乎变卖了所有值钱的家当，带母亲四处求医。病自然是没办法治好的，但母亲总算在生命的终极之处得到了一点安慰。

母亲下世时只有四十二岁。

据姐姐回忆，在女人堆里母亲是最知道体谅丈夫，同时也是最怕丈夫的一位了。她说好像从未见过她在父亲面前发火。我想这种怯懦的性格也许正是她一生不幸的根源吧？

# 半 本 残 书

那是一个寒冷的冬天，我在一个远房亲戚家里得到这半本残书，它无头无尾残缺无名，但它却使我在那所乡下中学里大放了异彩。

我小的时候天分很低，加之自幼父母双失性情孤僻，在学校里一直默默无闻。我们那个时代正是无书的时代，除了课本及《毛主席语录》外，中学生几乎看不到别的带字的东西。那年寒假，我奉姐姐之命去河套办事，在亲戚家里发现了这半本发黄的残书。亲戚见我视之如宝，便取出中间夹放的鞋样（北方农村做鞋时剪裁布料的模纸），慷慨赠予，这便是我平生得到的第一本课外读物。这之后它便成了我的宝贝，整个假日不曾释手。在这半本书中我认识了欧阳修、苏轼、王安石、陆游，我一首又一首地背诵他们的诗，《丰乐亭游春》《泊船瓜洲》《题西林壁》《示儿》……我最喜欢的是朱熹的《观书有感》——

半亩方塘一鉴开，

天光云影共徘徊。

问渠那得清如许，

为有源头活水来。

当时虽不能尽解其意，但半知半解已至欣喜若狂了。为了记牢这些诗句，我还在半块玻璃上用毛笔写字，背完一首便书写一首。其目的亦在于练字，那时乡下贫困至极，这半块玻璃便是我那一个冬天的"纸"了。

又一个学期开始，我的作文居然登上了学校的板报，我的作业亦被拿去展览，一时有了小作家、小书法家之虚名。我受宠若惊，暗暗感谢亲戚送我那半本残书和姐姐给我拾来的半块玻璃。

到后来我进了一所师范学校，广阅古籍才知那半本残书是上海古籍出版社于20世纪50年代编选的《宋诗一百首》。如果说我今天可以算作诗人、作家，那么它便是我的文学启蒙了。

回想我的中学时代，值得纪念的似乎仅有这一笔。古人云：学贵有志、有识、有恒；古人亦云：宝剑锋从磨砺上出，梅花香自苦寒来。前者我十分赞同，后者乃是切身体验，希望后来学子均能实践。同时，我还感到，兴趣是最好的老师，如果不是爱上那半本残书，我这乡下孩子焉能今日为文乎？

# 情 系 荒 湾

按山里人的说法，十二岁本命年生日对每个孩子来说便都十分地重要了。到了这一天，当母亲的不但要给孩子煮鸡蛋，而且还要买一条红布亲手系在孩子的腰上。十二岁，山里孩子童年生活中最幸福的时刻，然而这种幸福却不属于我。

当吃了十二岁生日鸡蛋，系着红布腰带的孩子们背上书包在小伙伴们羡慕的目光中走向学校的时候，我正走在通往荒湾的路上，肩上是一杆长我三倍的鞭子，前面是近百头猪组成的长队。十二岁，我丢失了父亲请人给我取下的名字，人们唤我"猪倌"。

母亲辞世以后，父亲便将我们带到了这山外的小屯儿。小屯儿是父亲的祖居地，那一年死神已向他发出了通知。那时的乡村不比现在，粮食是人们生活中最大的问题，多个闲人多张嘴，更何况我们一家老病弱小共四张。据后来屯中人说，父亲是哭着来向老少爷们儿请求返籍的，要不是有位掌点权势的远房舅爷给做主，那些族人是万不肯收留的。

父亲不久就住进了省城医院，他得的是癌症。

姐姐操持家务，我便带着童年的不幸辍学进了荒湾。

有人说人生的不幸是一种具有特殊含意的财富，我想这话也许是对的。因而我十分怀恋那片让我第一次体味世道艰辛的荒湾——那是放牧我童心的牧场；那是涂抹我梦幻的画布；那是我涉入世途的第一个路口。

荒湾地处小屯的东北，是东辽河的一条支流裁弯而成。荒湾的面积不大，大抵有四五垧地的样子。水大的时候四周汪然，中间只余垧把地的孤岛；水小的时候则岛陆一体，有一坡面沿河岸与陆地相连。湾中水草繁茂，深则芦苇蒲棒，浅则乌拉草和柳毛儿。待五六月时，野花如星突坠，红黄蓝绿煞是壮观。在我童年的眼睛里，可以说那是一座天然的乡间花园。荒湾的三面是耕地，地湾交接于丈把高的陡崖，所以这里便是我放牧的最好去处了。只要把猪群往湾中一赶，守住湾口，就可以干自己喜欢的事了。湾口有棵大树，树下是白色的细沙，愿意睡觉它便是床，愿意画画它便是纸。记得那时画得最多的是那首描写太阳的儿歌。歌曰："太阳出游，早上骑马，中午骑牛，晚上骑着葫芦头。"那时，一赶出猪群便盼着日落的。有时我也爱画些飞禽走兽和我喜欢或者憎恶的人，并在旁边写上他们的名字，以示爱或恨。那一年我画得成功的是十奶，这倒不是因为在没人肯借我们房子的时候，她让我们住进她的里屋。这该是大人的事儿。我喜欢十奶，是因为她是我十二岁的朋友。十奶在屯子里算不上是德高望重的长辈，她的两手总是黑漆漆的，冬日里爱在腰间扎根麻绳儿。可十奶的心眼好，如果收群晚了她准会给我留饭，如果有谁欺负了我，她准会站到街上去骂他的祖宗。

没想到后来我又有了复学的机会，继而又离开小屯儿跻身于繁街闹巷，但我还是总忘不了十二岁的夏天和那片荒湾。荒湾，我人生旅途中最为重要的一个驿站。

# 父亲的眼泪

男儿有泪不轻弹。古时候有位哲人这么说。

眼泪不是尿水儿不能走到哪儿撒到哪儿。赶马车的父亲这么说。说这两句话的人都是男人。当我羞于在女孩子面前站着撒尿的时候，才知道我也是男人，我开始在心里仰慕父亲。

父亲的形象在男人堆里算不上高大，中等个儿，平平的肩膀儿，黑红的脸膛是块不很大的平面儿。那颗还算过得去的鼻子下是一张沉默寡言的嘴，胡须稀落得不值一提，且又带几分黄意，让人看了很不舒服。唯一可以称道的是他那双眼睛，永远做沉思状，这在我童年的心灵中总感到几分威严。父亲的确很威严，在我的记忆中好像从未听他朗声地笑过。日出而耕，日落而息，像一头老老实实的牛。尽管这样，父亲确有让人叹服的一面儿，那就是北方男人的刚毅和那身永远也使不完的力气。他一气儿可以将二十包二百斤重的粮袋装上马车，也曾在没有麻药的情形下接受骨折手术。

这并不关眼泪的事。

我仰慕父亲不仅仅在于他的威严，更多的是对我童年时他那种职业的艳羡。父亲是山里有名的车把式，在沟里历来是赶头车的，他用的马好，车也漂亮。那时山里没有汽车，父亲的车就如马车堆中的轿子。父亲爱他的车和马胜过爱这个家里的人，他冬日每天都给马刷毛儿，夏日里每天都给马洗澡儿。那时马都是由队里群养，他信不过饲养员，有时竟半夜里到马棚给他的马添草料。有一年冬天，他的花斑辕马被马贼盗走，他在外找了七天七夜没有回家。那些日子急坏了母亲，待他回来的时候，他的另一个儿子已经出世了。那一日他很高兴，不知是因为添了个儿子还是因为追回了那匹马。

这依然与眼泪无关。

在我的印象中，父亲是不认得字的，因为在年终分红的时候他总是让人代写他的名字，要不然就呈上名戳。可在我记忆中他确翻过几次《话本》，那是祖父留下的遗物，上面多是传奇故事。我曾让父亲念给我听，他说这是看的不是念的，等你长大了自己看好了，可惜没等我长大，那本书就被破"四旧"的人们给烧了。三年前我才买到宋人的《话本》，当拿起这本书的时候便想到了父亲，如果他还活着，我一定会念些故事给他听的。

这还是与眼泪无关。

父亲的眼泪流在他魂归故土的前一年，在这之前、在这之后我都不曾见过。那是夏天，他从省城医病还乡，看到河湾里放猪的孩子是我，便使出全身的力气唤我的名字，我被那声音惊呆了，当我从木然中省悟时，一串滚烫的泪已落到我仰起的脸上。他说他对不起他的孩子，他说他知道他走后儿子会辍学放猪他还不如挺死，他骂世道不公，他骂老天没眼，最后便是骂自己无能。我记不清当时我是怎样对他劝慰，好像是在我也哭得不行的时候，听到了写在文章前面的那句他留下的唯一一句可以作为格言的话。

后来他便抛下另一个夏天和我到另一个世界去赶他的马车。那个夏天的眼泪很咸。

# 干 妈

　　"干妈"已经在那条出产离奇故事的山沟里沉睡几十年了，想来它的家人也早该把它忘记了吧。但是我却不能，无论如何我都必须承认我做过它的"儿子"。

　　在族中我们这一支人丁最稀。父亲是一棵独苗儿，到了我们这一辈儿，母亲虽生了七八个儿女，可到了我拜"干妈"的时候，却只有大我七岁的姐姐与我幸存。那时候山里的医疗卫生事业还没有影儿，孩子们脆得像野葱，说扔就扔。所以，一落草总得先取上一个保命的名儿，什么拴柱儿，什么狗剩儿，听起来虽然好笑，可其中不无几分祝愿。我生在书屋己亥猪年，母亲原也想让父亲给起个类似的名字的，可老娘婆说，这孩子应生在戌时却闯了午时，想来应该有些说道。那时父母都三十大多，扔了四五个孩子，怎经得住这番冷话，于是就请了先生为我批出生辰八字。卦上说我命中多舛幼年有坎，父亲急上壶老酒求个解法，那先生说只有去拜一条母狗来作"干妈"方能有解。

"干妈"的家住在沟上，在我四五岁的时候母亲曾带我去看过它。它长得很漂亮，不是大头大耳整天在野地里跑的那一种，也不是现在城里人喜欢养的什么狼青或黑背，它的形象很像20世纪30年代洋小姐在街上牵着的长毛儿，我听它的主人叫它炕叭儿。"干妈"一身白毛眼睛黄亮，我们去的时候它正睡在炕上。那是正月，母亲让我给"干妈"叩头，这时候主人才把它从梦中叫醒。它望着我，好象对我十分友善。叩了头，它的主人代赐了压岁钱儿，然后又把我们带去的果盒儿打开，将最小的一块扔给了它，之后主人便把盒儿封了拿去，母亲也跟到外屋去说话。

那一天我与"干妈"玩得很高兴。

在我的记忆中，这是我与干妈最初，也是最后一次见面，因为到了第二年正月的时候就听说它已经死了。那一天我很悲伤。"干妈"的死说起来也很离奇，好像是和恋爱有关。据说在发情期它曾离家出走，三天后主人才发现它与邻居那条剽悍的大青待在一起，后来自然是被抓回来一顿毒打，之后便一病未起。"干妈"死时整好距它离开哈尔滨那个狗市三年，它很可怜，没有留下一个亲生儿女。我说离奇并不在此，而是在它死后大青也突然失踪了。

按那位算命先生的说法，"干妈"可以做母亲的替身，可它的死并没能改变我童年失去母亲的命运。尽管这样，我还是时常想起它，因为它曾在我痛苦的童年中留下了一段美好的记忆。

# 那个冬天里留下的一句话

在我的老家有这样一句老话，说从老爷庙那儿论，满村子的人便都是亲戚了。我和萍儿环儿都住在一条街上，自然就更是亲戚了。我管环儿的爸爸叫叔，萍儿管我的爸爸叫伯，这样，我们又都是一个辈分上的人了。那时我们都小，好像是五六岁的样子，环儿叫我哥哥，我叫萍儿姐姐，我们常常玩在一起，大树底下，柴草堆上便成为我们所谓的"家"了。

山里的孩子和城里的孩子不一样，我们那时的玩具只有秫秸、石块儿和从大地里捡来的碗碴儿。我们唯一的乐事便是过家家。过家家当然得学着大人的样子，男人当爸爸，女人当妈妈。萍儿大我们一点儿自然总是她先把我抢到手里，我这个丈夫要按她的旨意去犁田，去赶车走娘家，或是坐在小石头上守着她。她说她妈妈就是这样让她爸爸守着她纳鞋底儿，不然就拧他的耳朵。我问她为什么要这样。她说不这样男人就会被别的女人给勾走的。我说我不会走，过了山就会看见狼的。萍儿对我笑笑，用手来捏我的鼻子。每逢这时环儿总是很失望，在一边看着我们不吭声儿。我说让她当孩子，她怎么也不肯，她说她也要当妈妈。这时便免不了一阵争吵，最后总是环儿哭了，我们便回家去了。

有一天萍儿病了，环儿便高兴了，她说她今天可以当妈妈了。我也很高兴，我觉得萍儿妈妈挺吓人，所以在感情上我总是喜欢环儿的。那一天我们是在屋后的路上，由于山洪冲刷，路面像条河露出光光的石头，环儿用野葱做菜，用泥巴做馍，我们"吃"得可香了。后来环儿讲了个可怕的故事，说是她爸爸出山回来说的，说山那边有个拍花的老头儿，见到小孩儿就拍一下头顶，于是小孩儿便乖乖地跟他走了。我很害怕，见路上有人过来就飞也似的跑回了家。

后来就到了冬天，我们都各自蹲在自家的炕头上缠着大人讲故事。那一年我听得最多的是七仙女下凡和白娘子求亲，我暗想萍儿和环儿便是她们两个的化身了。我计划在春天到来的时候把这个想法告诉给她们，可没等到春天爸爸就用胶轮大车把我们拉到山外来了。那天萍儿和环儿都不知道，我想她们若是知道一定会到这雪地上来送我的。

如今我在繁华的都市，她们仍在遥远的山里。我真希望有一天能见到她们，告诉她们那个冬天留下的那句话。

# 有一种动力叫向往

我十二岁那年，父亲因病住进了省城医院，被早逝的母亲留在这个世界上的我便担起了维持姐姐和弟弟生活的重担。那时虽然已是新社会，但处于动乱中的乡下还十分困苦，乡亲们披星戴月劳碌一年，还填不饱肚子，自然也就少了人间应有的同情。为了一家人的生计，我被迫成了村里有史以来年龄最小的集体猪倌。

集体猪倌要负责看管全村的猪，每天早晨把猪集中起来赶到草甸上去放养，中午赶回来，下午再赶出去。就这样日复一日，从农历三月直到农历九月，让那群猪把甸子上的青草啃完，然后才放到收割后的田地里还他们自由。

在夏天的草甸上猪儿十分快乐，我却十分痛苦。那时我正上小学五年级，可以想象，一个孩子被人夺去书本，交给你一把鞭子，被迫离开同学而与一群猪为伍，该是一种什么滋味！我在炎阳下想哭无泪，看猪看得无奈就望着白云出神。我羡慕那自由的云朵，更向往在白云下、在校园里和同学们一起学习、游戏的生活。于是我便以沙地为纸，以树枝为笔，开始了我的自学。练字、画画，有时也写一些连自己也不知是什么的句子，现在说应该算是当时的诗。如果说我今天是以一个作家的身份和你们交流思想，很可能与那时的"训练"不无关系。

那一年在猪散群时，我又进了学校，并以全校第二名的成绩考入了中学。那是一个没有文学和艺术的时代，许多有成就的文学家和艺术家都被下放到农村进行劳动改造，我的家乡就聚集了很多这样的文化人。听大人说，他们中有的人曾写出过几十部书，有的人画出的画被送到国外，成了价值连城的珍宝，有的人能唱会跳，曾经见过毛主席和周总理。我十分钦佩他们，开始做文学家和艺术家的梦。我开始摹仿书上的课文写文章，开始向学校里教美术的教师学画画，开始练习书法。那时家里极穷，没有纸就用拾来的烟盒或作废的账页，有时甚至在墙上和地上乱涂乱画。写心中的愿望，画梦幻的世界。直到走出童年时代，我也没有放弃心中的向往。

当然，直到今天，我的愿望也没有全部实现，但童年的向往确实给了我无限的动力。它给了我坚强的毅力，让我战胜了许多困难，使我从一个放猪的乡下孩子，成为一个受人尊重的作家。我衷心希望生活在幸福中的青年朋友，张开你们的双臂去拥抱美好的明天，向往会给予你巨大的力量。

# 哑巴的故事

哑巴的大名叫赵贵。

哑巴是赵家四叔的哥哥。

赵家四叔是整条沟里数得着的人物。当年他是大队长又是公社里的什么委员，在山里只有钢轴车和雪爬犁的年月他就骑上自行车了。那车的样子很怪，前头有个像飞鹰似的车把，后边有个很大的长方形货架。我曾看见他家的柱儿坐在那上，那神气劲儿甭提让人多眼气了。

四叔的宅子在村子的上头，是个又宽又长的石头院，门也是柴门，可比我们家的大，是用黑漆漆过的，看上去很吓人。四叔的门前有块石条，听说是祖上留在那的，一代人一代人用手摸它用屁股坐它，到了我记事的时候已经是又光又亮了。石条旁边有棵大榆树，听说也是祖上栽的。不要问它有多粗，就连干上的树洞都可以猫下一个人的。老辈人说，那一年沟外的胡子来找娇，哑巴的姑姑就是藏在这个树洞里才免于劫难的。后来就嫁给了一个货郎儿，不想货郎儿竟发了迹，赵家姑娘进城当了阔太太。山里人都说那丫头有福。

夏天里，四婶子常常坐在那块石条上，有时做针线，有时就手托着下巴呆呆地望。四婶算是沟里最漂亮的女人。直直的鼻梁儿，大大的眼睛，看你的时候像是在笑。见她高兴的时候我们总爱坐在她的跟前听她讲龙王和虾兵的故事。妈妈说她读过书，是四叔当劳模那年从城里带回来的。

四叔的房子也是沟里最好的，三间草房又明又亮。我们的窗户上都是用油喷过的窗户纸。而他家的窗户上却是城里才有的玻璃了。山里最时兴的是口袋房，哑巴和柱儿住在里间，四叔和四婶住在外间。哑巴是条光棍儿。

哑巴在四叔家里是个忙人儿。四叔常出门在外，挑水、砍柴、扫院子便都是哑巴的事儿了。哑巴勤快，放下笤帚就是扫帚，四叔的院子总是全村里最干净的。哑巴虽然不会说话，手却巧着呢。他夏天里用秫秸给我们扎的蝈蝈笼子像城里的高楼一样。还有用木头做的小车，拴一根皮条，放到斜坡上竟能自己滑出几十米远。

哑巴是我们的朋友。

冬天里哑巴常带我们捕鸟儿，不用上山，就在他家的院子里。山里的雪大，鸟儿觅不到食便成群成群地飞到屯子里来，这时便是我们最高兴的日子了。有时哑巴用鲁迅小说里写过的法子，在院子里扫块空地撒些谷粒儿，然后用尺把长的木棒支起一只筛子，筛上压块石头，木棒下端再拉一根长线儿，一直扯到院子东边的柴棚里。我和柱儿总是猫在哑巴的身后，待鸟儿到筛下争食，哑巴便一用力，棒倒筛扣，于是就有许多鸟儿被扣住了。有时我们也用另一种办法，在菜窖上面下蚂蚁套儿，但这需要马尾，这个任务总是由我和柱儿完成，有一次柱儿险些被大青马踢死，幸亏爸爸在马棚里。我们捉了鸟儿，活的总要放到四婶的屋子里乱飞，死的就放到炭火盆里烧吃。每到这时四婶总是很高兴的。

后来哑巴离家出走了。

这是七奶奶到我家说的。她说有一天四叔夜里不在，哑巴竟一丝不挂穿过四婶的屋子到外面撒尿。四婶当时还没有睡实，见这光景就发起恨来，下地插上了门闩。正是冬夜，待四叔早上回来，哑巴已在柴草堆中冻得半死了。后来四叔用棉被把他包进屋来，待他醒来便向后山的林子走去，从此再没回来。为这事儿四叔打了四婶，以后我再见到她时，脸上便再无旧日的光彩了。

# 依依手足情

人生最大的不幸莫过于少年失去双亲。

世间最真挚的情感莫过于手足肘腋。

这不是哪位哲人的名言，这是我半生来的切身体验。我出生在北方一条默默无闻的山沟里，母亲在我来到世间的第九年就踏雪走上了魂归天国的路途。她的死对父亲是一个严重的打击，他在她死后的第五个夏天也追到阎王的门下去求团聚。

父母下世后留下了三条生命，姐姐大我七岁，弟弟小我五岁。那时我们已经离开山沟来到南荒父亲的祖居之地。记得父亲辞世的那天是七月初七，清早便有两位不速之客在门前的柳树上鸣叫。老辈人说那是催命鸦，果真就在那天夜里父亲永远地合上了眼睛。

送走父亲是第二天的中午，当他眠睡在堂伯为他选定的安息之地的时候，那间留下他最后一滴老泪的小土屋里正开着一个亲族协商会。会议的主题自然十分明了，那便是父亲合眼之前的唯一请求。记得那个中午很闷，堂叔、堂伯、堂舅、舅爷们都闷着头抽烟，那烟味儿很辣，我好像从来不曾嗅到过。这种沉闷的气氛一直持续到下午，最后的方案是由二十岁的姐姐议定的。她说大伙儿都不用为难，我们自个儿能过，我的兄弟们还得读书。

那个下午没有眼泪。

后来的日子应该是一部书。

姐姐每天都要到田里去劳动，她要用汗水兑换三个人糊口的粮食。弟弟还小，他如一只孤独的羊羔儿。他很少跟人打架，但却常常被人欺负。他的脾气很犟，挨了打也从不肯挪动一下脚窝儿。在这一点上，他很像父亲。我是照例每天到镇子上去上学，但却要担起饭担儿和柴担儿。那年月乡下燃薪如米，灶下和灶上同样困乏。夏日里放了学便推着独轮车去杨木栏儿，那儿是小屯唯一的柴场。一刀儿一把儿，打出一小车儿，赶回家时便要月上中天了。每当这时，姐姐总会出来接我，待回到屋里总会有一个玉米馍儿和一碗菜汤。

那时的日子很苦。

那时的梦却很甜。

一年后姐姐便结婚了。

姐姐天资十分聪颖，据说在山沟里读书时总是排在第一名的。可后来母亲得病，继而下世，她不得不在十五六岁的年龄当了弟弟的保姆。姐姐的命运很惨，在爱神向她贴近的时候她已无权选择，为了两个弟弟，她只能将自己的少女之身等同于一个带着孩子的寡妇。姐姐的聘礼只有三百元。

姐夫与大家相处得很好，他也是个自幼就失去了母亲的苦命人。一个劳动，一个持家，一个砍柴，那段日子过得还算红火。

后来就有小生命出世。

后来便有亲族挑拨这个畸形家庭。

记得在一个正月，姐夫竟操一条凳腿将我的右额砸破，血流如注，险些送了性命。为这事儿姐姐要和他离婚，不过这没有成为事实。后来我便离开了这个家。在那段日子里姐姐总是很痛苦。

后来我考进了一家师范学校，姐姐亲手为我做了一套棉衣。那套棉衣到现在还有，只要见到它心里便会生出几分暖意的。

八年前在我结婚的时候，姐姐曾从乡下赶来。那时她已是四个孩子的妈妈了。她先是抱怨我们没告诉她信儿，后来就歉疚地掏出从别处借来的五元钱。我们都哭了。

那一日我的心里很难受。

现在姐姐已不是从前的境况了，她进了小镇后便成了万元大户。姐夫很能干，姐姐经商精明，我在小城时他们常去看我。

姐姐待我和弟弟如同母亲。我常想，就是到了渴饮黄泉的那一天，我们也是报答不完她的这份情的……

# 土　屋

怀念土屋并非因为土屋。

我认识土屋是来到下荒的事儿。在我的童年，山沟里多以石筑屋，木梁草顶，黄泥抹墙，初则顶青墙艳，经年即由青黄而黑。若是上了些岁月，屋顶则要生出苔藓、香菇之类，这时亟须换草，不然便要成为漏屋了。

到了下荒，草房却极为少见，村落里大多土坯平房。这种土屋不同于草原地带的干打垒，房盖儿总要出一个小小的檐儿。屋墙则多为坯砌或者土筑，但无论如何，每年都要抹上一至二次，既防雨蚀亦可保暖。盖则必用碱土，方便时还要掺少许食盐，此乃防漏之术。

本文所志之屋即属这一种类，它落于辽河支流左岸，周围是一片很大的菜地。地权属谁我不知晓，但在那个岁月里，我们把它称为校田。我要写它，亦并非因其有何殊史，它普普通通属于屋之末流。我要写它，实因其给我留下过许多难忘的记忆。它让我在它的檐下躲过风雨，它的主人曾以他们的真诚校正了我的人生。

那是我入中学的第二年，学校在学黄帅、张铁生的潮流下，全部废止了文化课，办起了诸如农机、农电、农医等面向工农的专业班点。我当时隶属农医，整天背诵汤草歌诀，摸穴探位，间或到农园里去种植草药。这个农园便由前文所说之土屋的主人管理，其一为戴帽右派，其二为在城里因婚外恋着另一个女人而被流放到小镇的美术教师。但是他们都不是园头，园头是一个满脸麻子，且有几分蛮气的工人。

我成为那座土屋的常客是因为一次大雨，大雨之前我是很少接触那座土屋的。土屋的东侧是一间工具房，领工具的时候总要老师带班干部去领，领的时候也绝少与土屋的主人说话。这原因很简单，他们是学校里的异己分子，每一次批判大会都要把他们拉去陪榜。

那一次大雨下在黄昏。正是初秋时节，突来的风雨把我一个人困在参圃里。参圃距土屋只有百余步，只要我飞奔过去便可免受身心之苦了。可是我没有这种勇气。我在批斗会上是一个重要人物，我的批判发言常常在全校轰动。我自忖我不会受到这土屋的欢迎。可是土屋并不像我这等小气，当它的主人见我只身于雨中之时，一只大手一块雨布遮去了我心头的风寒。

那时我只有十四岁。

土屋使我明白了许多道理。主人之一曾对我说：人生的第一件大事是吃饭，人不吃饭没法生存。人生的第二件大事则是读书，没有文化则无异于白痴。土屋里的确有许多书可读，这是我在学校图书馆里不曾见过的。那时图书馆里除十几张内容相同的报纸外，便是可数的几本杂志和红宝书（伟人著作）了。此乃后之所见，当时是谁也没有这种胆量的。主人之二说：人无殊志必为庸夫，树志而不付力则不如庸夫。我在当时并不怎么理会，且对他每日劳作之余苦苦作画而深感不解，但到了我也被那些线条和色块迷住的时候才算识得其中三昧。可惜我的命运不济，十年心血，纸墨等身，到头来却因色弱而被逐出了那神奇的彩色王国。之后便不得不苦啃诗书，又无奈天性愚顽，半文半政混至今日，依然默默无闻。但尽管如是，我还是十分感谢那土屋给我的启悟。土屋暖绿了我少年的梦。

据故乡人说，那土屋如今早已不复存在了，土屋的主人亦各有了归宿。一返故里，一因癌谢世。我衷心地为生者祝福，为死者哀悼。

# 与 球 做 伴

    大约是二十年前的夏季，三伏里特有的酷热，使乡间小镇的黄昏变成一只烤炉。吃过晚饭，人们都离开屋子，或蹲在街上闲聊纳凉，或站在檐下摇扇驱暑。老幼无别，男女不避。整个小镇鸡伏犬宁，万籁俱寂。

    然而，这份静寂却不属于小镇中学的球场。在一阵砰砰声中，月亮渐渐地升起来，在一个瘦长少年的额上、脸上、背上不停地滚动。少年异常亢奋，他腾跃着，一遍又一遍地重复着相同的动作，一只篮球，确切地说是一团黑影，在篮上、地上不停地飞旋。最后，少年筋疲力尽，枕着球睡在如水的月光里。

    这不是童话，那个瘦长少年就是当年的我。二十个春秋过去了，少年变成了青年，继而将走入中年。每当耳畔响起那撞篮声，他的心就跳得不行，尽管他自己知道早已被时间淘汰，但他仍自信他的心仍属于当年。每到这时，他总要凑到球场去看上两眼，或拍或投方能释然。他说不明白这是一种什么道理，他只知道当他第一次离开老家在山外见到那飞旋之物的时候，人们称之为篮球的东西便成了他生活的一部分，生命的一部分。

打少年赛；

打青年赛；

打职工赛。

在无数次的角逐中，青春留下累累伤痕，而那只记忆中的篮球却完好无损。每装一次篮筐便添一分喜悦；每得一次喝彩，便生出无限欢欣。记得在一次大赛中，当他一人独得35分时，队友们险些把他当球扔进篮里。那份激动，那份忘情，那场景，实在不亚于现在的NBA。

岁月无情，那月色中飞旋的黑影离他愈来愈远了，取而代之的是写不完的公文、看不完的书籍。爬格子，数星星，苦也欤？乐也欤？只有那瘦长个子心中才知。他无法对那只热恋过的篮球诉说，它根本不认识这位温文儒士，它只记得那个不知烦恼、不懂忧愁、像猫一样灵活、像虎一样勇猛的翩翩少年。

再见了，我的篮球，我忠诚的朋友！尽管我如何地不愿意，我也必须说声"再见"。我只盼青春再来，如果青春再来，我仍愿与你为伴。

# 老 神 树

桃花水从山湾里流出来的时候，村口的池塘便荧荧地绿起来了。池塘绿了，池塘边上那棵老榆树也便再耐不住寂寞。在风中摆摆，在雨中摇摇，枝也柔了，叶也绿了，看看池塘中那着了春衫的影子，十二分地潇洒和年轻呢。

老榆树是家乡父老们最尊敬的长者，它究竟有多少岁了谁也说不清楚，祖父在世时曾言，曾祖带他们来关东的时候，这棵树就这么老，树身盈丈，树冠如篷，就是全村子的人都来乘凉，那片树荫也能容得下，人们尊敬它不仅仅因为它老，更多的大抵是对它赐福于人的感激呢。听老辈人说，光绪年间山中大旱，土石生烟，草死苗焦，人们跪拜山神，山神不应，跪拜土地，土地不灵。最后以童男童女做供在龙王庙前大祭，老天仍没感动。后来一位老奶奶抱树哭诉，泪洒树身。奇怪的是顷刻间树下生风，云起树冠，遍野甘霖。这一年山中许多村落颗粒无收，唯独我们这条沟畜旺粮丰，由是，这老榆树便被乡民们尊为神树，就连树上的乌鸦也被视作神灵。

当然，这只是个传说，因为村中最老的长辈也只是民国人物。但是，老树施福于民是我亲眼所见。记得在我很小的时候，正赶上我们的国家内忧外困，物价上涨，米贵如金。那一年，似乎冬天还没有过尽，家家户户就断了粮食。到了春天，更是炊烟日少，是这棵老神树救了全村人的命。那一年树上的榆树钱似乎特别多，人们捋了一遍又一遍还是捋不净。有时头天晚上眼见钱叶全无，可到了第二天早上又是满树碧绿和浅黄。那一年，邻村里有不少人吃野菜吃树皮送了命，只有我们村的父老们保得了平安。

我在家乡的时候，老神树也曾遭过一次劫难。那一年村里来了两个年轻的工作队员，他们听说树能显灵就联想到阶级斗争。他们说，这是封建迷信。一棵老树有什么了不起？明天我们就把它砍了，看它还灵不灵！村民们听了便奔走相告。他们说，这树不能砍，它是我们全村人的救星。可工作队还是弄来了斧锯。见这情形，有位远房婶娘就躺在了树下，接着又跟上来几十个后生。人们里三层外三层把树围个溜严。也许是受了这场面的感动，也许是为了别的什么原因，工作队没再砍树，第二天便拉走了行李。

现在想来，老榆树未必真有什么神灵，这只不过是乡亲们的一种愿望和寄托罢了。人心向善，所以也希望这世界上的一切都是美的。

# 故 乡 的 柳

春来三月三

春风又在柳丝上缠

缠上层层绿

缠进丝丝暖

缠得柳丝柔又软

割回来编新篮……

十年前，我写这首《编篮歌》的时候正血气方刚，见人家读书便拼命地读书，见人家作诗便悄悄地藏在寝室里作起诗来。人家有了朋友的写情写爱，咱光棍一条，写嘛？于是便想起家乡的柳树来。这斩不绝烧不灭的灵物，不仅仅是山里人的风景，也是山里人身上的衣口中的粮。记得有这样一首民谚：家有陈粮八斗，不如门前插柳。可见柳的珍贵了吧！柳叶可以当柴，灶上有米灶下不愁；柳条可以编织，什么筐啊，篓啊，就连小孩子睡的摇车子都是用柳条编成的。听说近年来这编织的手艺更神了，人们不单是编家用，而且还把筐啊篓啊编成工艺品，东渡大海西跨大洋，壮国家的门楣，赚外国人的实惠。前些时，听来省城开劳模会的五伯说，村子里这几年光靠柳条发家成了万元户的就有好几十家呢。

但是，我今天在这儿说柳，可不是因为五伯说到的钱。我在乡下的时候，柳编的目的不是为了赚钱。会编织就表明你是正儿巴经的庄稼人，不然会被人瞧不起。所以，男孩子一到十来岁，就要白天里跟大人去割条子，晚上在煤油灯下学编织了。学柳编一般都是先学编筐，一种简单的筐，庄稼人叫它土篮子。待手儿熟了，就开始学编花篓。这种家什是用来装毛柴的，花样很多，学起来就难些了。会编花篓就可以学编细活。至于细活的种类我就说不太清楚了，父亲在世的时候，也曾教过我几手儿，可因我离乡有日，现今早已忘了。

在家乡，每当柔柔的南风吹来，柳条儿就悄悄地绿了。柳条儿绿了，鹅黄色的毛毛狗就从那绿色中钻出来。这毛绒绒的小东西怕人似的，先是探头探脑，继而左顾右盼，最后便大模大样了。这时，孩子们就从土屋里跑出来，折下当鞭，或者当马。有句成语叫青梅竹马，而在我的童年就可以改为青梅柳马了。毛毛狗大了，就有嫩叶儿出来，耳朵似的。这时的柳条儿对我们就更有用了，因为它不再护皮，折来可以拧叫叫了。叫叫一响，大人孩子一齐忙，耕田的耕田，玩耍的玩耍，真是其乐融融呢。

　　写到这儿，我觉着还有层意思应该写出来，那就是柳的品格。我不知道能读到我这篇文章的朋友们注意过没有，我家乡的这种柳树十分像我们乡间的父老呢，它们从不斤斤计较，从不牢骚抱怨，栽哪儿长哪儿，随遇而安。插在房前，给夏天增一片阴凉；插在屋后，给冬天添一道屏障；插在田边，就为庄稼挡沙；插在水畔，就为江河护岸。这是一种多么高尚的品格啊！

# 留不住的太阳

河湾还是那个河湾，可太阳已不是那颗太阳了。当我领着儿子踏雪来到我当年放猪的地方的时候，我的心倏忽间生出许多感慨。这一天是农历庚午马年腊月三十。

放猪的那一年我十二岁。父亲在母亲辞世后的第三年带我们从北山里来到下荒，为的是让我多受几年教育，让他们的儿子改变一下祖上目不识丁的历史。谁知到了下荒老天不称人意，让善良的父亲得了绝症。父亲寻医进了省城，在陌生的祖居地就剩我弱姊幼弟三人。那年月人穷意寡，地懒情薄，为了不让做主收留我们的舅爷和堂伯们为难，我不顾姐姐和族亲们的反对，毅然放下书包扛起了鞭子。

荒湾里的日子，最亲近的就是天上的太阳。朝出相伴，暮归相随，几多欢乐，几多哀愁，只有它知我知。猪开群在四月初五，乍暖还寒，把猪围在河湾中，土崖下是它送我一个温馨的梦。猪收群在九月重阳，是它送我重新走回泪水溅落的学校。那个与猪群一起度过的传奇的夏天就更不必说了，是它以父亲的温厚母亲的慈爱伴我124天。寂寞的时候，它就照着我在海滩上一笔一笔地画它，有时把它画成善解人意的女孩，让它把光给使人恐怖的黑夜，把美给使人愉悦的花朵。但是，却不允许它把微笑送给别人。我臆想，她是我塑造出来的，她的微笑只有送给我才行。画得累了，想得累了，就开始想家。这时便又恨起它来。恨它盼晌不晌，盼黑不黑。于是乎便做歌戏骂。可它却不怒不恼，依然笑呵呵地看我，气得我把鞭子向天空摇了又摇，恨不能一下子把它抽落。

离开荒湾已经有二十年了，二十年中我送走了二十个太阳。在这二十个太阳中如果您问我最喜欢哪一个，我会坦率地告诉您，就是荒湾里的那一个。它给我天真，给我安慰，给了我一个永远也忘不掉的夏天。

我们在湾中盘桓了许久，我多么希望头顶的太阳就是当年的那一轮啊。如果真是那样，我就可以重新走回十二岁，走回那个无忧无虑的夏天。可以像面前的儿子这样逃离世事的纷争与人心的困扰。可当孩子以他的真纯唤我同进辛未羊年的时候，我又不得不面对天空，面对现实。

太阳，太阳，留不住的太阳哟。

# 一个乡下孩子的故事

　　三十三年前的春天，乡下孩子生在很远很远的山里。那山里所有的山都很高、很高。可乡下孩子的家却很小、很小。如果你是站在山腰上看它，那就是一只小小的火柴匣儿呢。

　　乡下孩子自己不相信命运，可乡下的父老们却都说他命苦啊。他来到这个世界上的第九个冬天，母爱就与他告别了，那是一个有风有雪的日子，他的眼泪被悲哀和寒冷冻成了冰柱儿。山坡的墓地里留下他啼血的呼唤，"妈妈！"这声音如今仍在那片旷野里萦回。这以后的日子，乡下孩子变得异常缄默，缄默得就像他缄默了一辈子的父亲。父亲是爱他的，可父亲的爱也没能伴他度完人生最为美好的童年。在母亲离开这个世界五年之后，北方的山里又失去了一个刚强的汉子。乡下孩子从此成了真正的孤儿。

　　乡下孩子忘不了他成为孤儿后是怎样从山里走到山外的，乡下孩子永远忘不了乡下那位好心的党支书。乡下孩子算过，那位叫孙凤至的老人已该有七十多岁了。当年，如果没有他的倡议和关怀，乡下孩子也许永远是一个猪倌、牛倌或者马倌。是他领导的党支部决定，将乡下孩子父亲治病欠下的债务用村里的公益金全部核销；是他在最为艰辛的日子里一次又一次给没了父母的乡下孩子送去了温暖；是他决定将放了一年猪的乡下孩子重新送回了学校……

乡下孩子也忘不了他是怎样从小学读到大学，又怎样从乡下走到城里。乡下孩子上学从来没交过学费，那是学校党组织决定免了的。乡下孩子从上中学一年级起就年年有一笔必得的收入，那是学校党组织给那位可怜的孤儿的补助。

乡下孩子在很小的时候，仅知道这样一个道理，就是这个世界上好人多。到了他离开学校走入社会，成为组织中一员的时候，他又明白了一个更为深刻的道理：他的一切都是党——这位民族母亲给的。如果没有她，就没有那些全心全意关怀他的组织，就没有那些全心全意为公为善的人们。

乡下孩子，现在已经不是孩子了。他在城市里找到了自己的位置，他每天都在为我们民族的伟大母亲辛勤地工作。他白天在机关里服务，晚上为孩子们和喜欢他的大人们写书。他说，他这一辈子已无他求，唯一的愿望就是能为这个社会多做一点工作。他有一个幸福的家，有一个贤淑的妻子和聪明的儿子。他每天都生活在幸福和快乐中。

你想知道他是谁吗？他就是我，一位普普通通的共和国公民。

# 梦是故乡甜

　　故乡这两个字有时候就如同母亲，只要一提起来心里便有些酥酥然，好像有许多话要说，有许多事要想。这种感觉在从前是不曾有过的，我的父母下世很早，我离开故乡却很晚，我在乡下生活了十八年。十八年给我留下的印象并不像文人笔下那等美好，幽雅的环境，纯朴的乡情。我的故乡是一个贫穷的山沟儿。在我的记忆中她如同一个衣衫褴褛的乞丐，艰难地生存在北方的山里。除了饥饿和痛苦，她没为我打下更深的烙印儿，可以说离开她是一种摆脱，是一种侥幸。我在告别的时候曾经告诫过自己，今生今世永不要回来。

　　可是十几年过去，当青春的狂热消失之后，深居在闹市中，竟常常做起怀乡的梦来。那坐落在黑河岸上被称为双龙的小村，那颓立在龙山脚下的石壁草房，那光着屁股在一起戏游的伙伴儿，那从家里偷馍给我充饥的女孩儿，一切一切，都变形地加入，朦胧中是那么美，那么亲。在这种时候，使你再也想不出她有什么坏处，她给你留下过什么屈辱。你只有一种念头，就是寻找机会回到故乡去。

父母下世之后，乡下只有姐姐和弟弟两位亲人了。他们都已举家迁进了一个小镇，又一起学做生意，生活自然不比从前，所以已用不着我怎样牵挂。他们生活的小镇与我先前落脚的小城相距不远，每年我们都可以相聚几次的。我现在常常想起的是埋着我三位亲人的那片土，那里生长着我的根，我是那片土上飘出来的一片叶子。尽管那是个封闭的地方，要去县城得走上百里山路。山路就是山路，除了用腿和冬天的雪爬犁，其他车辆是绝对进不来的。在我的记忆中，这片土地上的文化比粮食更为缺乏，我们整个村中到我离开的时候只有一名初中生，并且是没等毕业就不得不离开县城回沟里搞所谓的"文化革命"。在这一点上，我十分感谢做了异乡孤魂的父亲。如果不是他鳏居之后把我们带到下荒来，我是无论如何也逃不脱愚昧的魔网的。尽管这样，那片土地还有可尚之处，那就是纯朴的关东古风。比如娶亲的时候要吃夜饭，出殡之前要摆供品，这都是我们童年时最爱凑的热闹。这其中不乏取乐之意，而更主要的是夜饭可以白吃，供品可以偷来填肚子。可惜这种古风到后来也没有了，这都要归于那个初中生和他带回来的"革命"。后来这地方就与山外没有什么两样了，也是在斗中斗得愈来愈穷，我们这些孩子不要说去混夜饭或偷供品，就连过年都得不到大人压岁钱了。遗憾的是，当沿海和内地的农民用一种新的观念重新生活以后，这个地方的人们却依然沉于旧梦。这是姐姐对我说的，她前些时曾和弟弟回去看望地下的母亲，说那儿依然是煤油照夜，粗米充饥，更可怜的是要鬻女娶男，不然是绝对没钱去说媳妇的。我那些同龄伙伴儿竟有好几条光棍儿！

我自知对故乡是做不了什么的，可又控制不了自己的思绪，而常常去想她。这是怎样的一种情绪，难道我已到了即将飘零的季节了吗？我自信还没有。故乡，我依然沉睡在北方山里的故乡啊……

# 早 春 之 歌

## 1

甜丝丝软绵绵的春雨，被风和雪阻隔着，在记忆的远方时隐时现。

我走在洁白的雪地上。

我走在金黄的阳光下。

脚下响着吱吱的叫声，这是春天的哨音吗？

小鸟儿栖在檐下，牛犊儿在圈棚里缠着妈妈，它是冬天的孩子，还没见过春天是什么样的。

巧手的母亲在玻璃上贴片窗花，使人想起即将来临的日子，那画面上整齐的竖线不正是甜丝丝的春雨吗？

## 2

冬天给小河戴上了枷锁，它以为坚冰可以禁锢激流的自由。

我在冰上走着。

我听见冰下叮咚的水声。

这是大地跳动的脉搏。这是一篇关于春的宣言……

## 3

梁上还听不到燕子的歌声。

天空还望不见雁的剪影。

疏碎的冰排隆隆地响着，是遥远的雷声。可是没有闪电，没有雨滴……

这是庆典的礼炮，欢迎春天的来临。

## 4

太阳起得比以往更早了。

勤劳的庄户人一样，在雪地上踱来踱去。

它也分一份责任田吗?

南方已经来了口信，说春姑娘正在路上疾走。

孩子们雀跃了。

春天来了，他们可以做一只漂亮的柳哨。可他们心里又很不好受，因为他们的雪人就要走了。

## 5

早春，是严寒的尾声。

早春，是复苏的开始。

冰雪从这里走向死亡，

种子从这里走向希望……

# 莫 测 人 生

人生这玩意儿有时候就是神秘莫测，说不定在什么地方就出现一次转折。别人说不清，自己也说不清，是必然中的偶然？是偶然中的必然？想来想去，还真有点像梦呢。

那一年我已铁了心要在工厂里干一辈子，并在工作之余下车间去学电工。当时还没有商品经济这一说，人们都在一口锅里吃饭。当时对知识也没像现在看得这么重，小镇上的人们看重的只是手艺。车钳铆电焊，到哪都吃饭。我用业余时间下车间，师傅说："你这小子行，真是看得远，将来若不当干部，有这手艺，啥时候都中。"

其实，那时候我根本就不是什么干部，只是一个百十来人小厂里以工代干的政工人员。师傅说我是干部是在捧我，人在不如意的时候总喜欢一点宽慰和奉承。在此之前正是"文革"后的第一次高考，我曾胸有成竹地报考了一家美术学院。可是命运多舛，寄去两幅人像素描，好不容易进线，偏偏天生色弱，让面试的老师好不失望。含着眼泪返回工厂，老书记问："考中了吗？"我没有回答，撕了平日里为应考准备的所有画稿，并发誓连厂里的画廊都再也不画。

工厂离当时的公社很近，"小画家"不再画画的消息很快就有了许多说法。有的说他本来就不行，有的说他眼睛有病。我听了好气，可嘴长在人家头上，听不听由你，说不说却得由他。那时候距文化考试不足一个月，招生办马上就要发准考证。公社里一位长辈找到我，问我改报一个志愿行不行。我说什么也不想报，因为我根本就没有准备任何课程。可不久，我还是领到了一张准考证。

那一年的试题极其简单，但对于没有系统学完十年中小学教材的我又是何等之难。大抵是在十一二月份，说不清是深秋的天冷，还是我的心寒，似乎坐到考场里就浑身打颤。极其艰难地挨到下课，胡乱写完了第一张考卷……之后就是长长的等待，但这似乎已与我无关。我回到厂里，自认无望，到仓库里领了一套工装，向书记禀报一声就到车间去和师傅倒电线了。线儿长长，岁月长长，从入冬直倒到翌年春天。一日，师傅正和我探讨什么时候娶妻生子，收发室的老头儿送来了一封信，是入学通知书。就这样，1978年4月，厂里把我送进了县城里的师范。

在后来的日子里，我常常痴想，在没有书读、没有课上的中学时期，要不是那位热心的物理老师（原是学美术的）

教我学会了画画儿，生在农家的我根本就没有资格进入那家小镇工厂，更不用说做一个全脱产的政工人员；如果不是那位好心的长辈关照，第一次报考失败，我也许会自暴自弃；如果不是进了师范，我也许永远也没有机会与文学结缘。不要说属文赋诗，恐怕想和作家诗人们握一握手也望尘莫及。所以，我由衷希望每位朋友都不要放弃任何机遇。因为人生有限，潜能无限，只有在不断的转折中才能发现自己，完善自己。

# 糊 里 糊 涂

糊里糊涂。

她踏着温暖的落叶走进他十八岁的秋天，记不清是在黄昏，还是比这时间更晚，当她柔情的目光注视着他的时候，他正在灯影里。

他知道她曾和他在一个学校里读书，而且是当地一个头儿的孩子。

就是这些。

糊里糊涂，他们的故事就是从这个只有星光但没有月亮的晚上开始。其实算不得什么故事，在那样的年月故事早都被烧得精光。电影里演的都是男女光棍儿，书上总是飞机大炮或者抓坏蛋斗地主战洪流等等。那个晚上他好像在给一个单位做贺幛，他是这个小厂的秀才，一个十八岁的孤儿。

以后的日子平平淡淡。

她好像时常来找他，她当时正在这个厂的附属厂里做工。记不清他们都谈了些什么话，不过肯定没有恩恩爱爱卿卿我我以及离家出走永不分离这类话题。他好像总是很紧张，和童年时偷了别人的东西的感觉一模一样。他知道这样发展下去是什么预示，但他害怕，因为他除了生命之外，便一无所有了。她好象不曾想过这些，她总是提些他没法回答的问题，比如当兵好还是上学好。他弄不清她的意思，当兵上学，在那样的年月是没有他们这些既无门弟又无硬亲的人的份的。他很沉默，他对他能够从垄沟里爬出已感到十分满足。他想的是他应该有个家，应该有人做饭和洗衣服。

　　那一夜很凉。

　　后来她就调进了这个厂。

　　后来她就很少到办公室里来了。

　　后来就到了春节，工厂放假，他替所有人在办公室里值班。他躺在寂寞的炕上想她躲躲闪闪的眼睛，想她讲给他的关于她自己的故事。

　　糊里糊涂。

　　后来就到了春天。

　　后来就有个活泼漂亮的小女孩儿常来找他，她说她是她最小的妹妹。

　　后来他就成了她家的客人，她母亲的心肠很软，那些日子他总感到是在过年。

　　那个春天好像很难过。

后来他们一如既往。

再后来，他就到县城一所学校读书，这是在恢复高考以后，她把应该送给他的那份礼物送给了另一位男同学。为这事他很生气，他很想把那家伙揪过来揍他一顿。可后来理智告诉他这样不成，他们都是同学，又都是朋友，更何况那时他们早已宣布分手。

糊里糊涂。

他们现在都做了父母，那段往事好像人生的序幕。后来有朋友问他，他们的历史真的那么平平淡淡？他对他笑笑，他实在说不出什么，只记得有这么回事儿，还有这么个人，而且糊里糊涂。

# 师范四百天

这是县城里的最高学府。据说，当我以婴儿特有的方式在大山里向世界宣誓的时候，它正挂鞭剪彩。看来，我这辈子进这所师范学校学习原是有缘分的。不然何以这么巧呢？入校的第一感觉，是这所学校的容颜和它的年岁有些不符，二十岁当是血气方刚，风华正茂，可这座县城里可数的灰楼，看上去却有些韶华已逝，老气横秋了。凹字型的楼体，呈半封闭状，开口处恰有一栋平房，走进去便顿生几分压抑。住进之后，才知道这里原本并非学校，而是日伪时期的县警署。楼系日本人为统治中国人所盖，难怪有一种阴森之气呢。

学校的设施非常简陋，除一个杂院和一座小工厂及食堂外，不足三千平方米的二层小楼便是它的全部财产了。二楼是教室、办公室和图书室，一楼是学生宿舍。男左女右，中间被几个办公室隔开。宿舍是上下两层可住几十人的大通铺，皆为木板架成，上去用梯，下来用梯，一人上下全铺皆吱吱呀呀地响。如果夜深人静有三五个上下者，三四十人便要咕哝个不停。最不方便的是上厕所，因为楼小，水房、食堂、厕所全在户外，夏天还好，到了冬天便有些吃不消。好在来这里读书的大多是乡下孩子，从小就练就了裸体抗风的本事。所以，偶有哪位城里娃喊冷，大家就会一起说这娃长得娇。说者理直气壮，被说者却脸儿绯红，好像真个被人给说中了似的。但他们还是不改，故而走廊里是常常有人喊臊。学校知道了就派学生会干部来抓，可又总是抓不到。有时候还在抓的当儿被污物脏了脚。后来就开大会，说男生宿舍的走廊要搞承包，谁的门口有味儿就找它的主人，说不清楚就扣去当月的伙食费。这一招还真灵，走廊从此变得干净了。可寝室里却开始了新的故事，有人早晨起来发现脸盆里有尿。这件事传来传去传到了女生那边，原以为会一片哗然，不曾想却无任何反应。有好事者前去探个究竟，原来这在那边早已不是什么新鲜事了。

入学时正是春天，有苦苦菜悄悄地长到宿舍的窗下；一场春雨过后，不光绿得鲜嫩，而且还有几株开出几朵淡淡的小花。我上小学的时候辍学放猪，刚上中学又安排父亲丧事，书虽读了不少，但汉语知识却是极差。当时师范中文科的学生大多当过中小学民办教师，在基础知识方面都可做我的老师。上课第一天，一位姓陈的先生就突然袭击搞了个测验，成绩出来让我有些无地自容。因为在此之前的开学典礼上，我曾代表新生高谈阔论，虽不是妙语连珠，却也是言惊四座。在我离开话筒的时候，听正式高考入校的男女生们议论，这考试来的和推荐来的就是不一样。之后几日我自然是声名鹊起，投来的多是艳羡的目光，很快就成了校园里的"名人"。可这一张试卷一下子把光环全部遮去，卷子收去，我不敢抬眼，似乎一时间矮了人家半截儿。下了课，饭也没吃就钻进了宿舍，眼泪几乎在开门的同时簌簌落下。这时又有人回来，为避人眼目，我破窗而出，扎进一面是院墙一面临窗的胡同。那个中午阳光很好，看到那些野菜和小花，心里生出一种莫名的舒畅。我择了一块空地坐下来。直到汉语过关考试上升到与文选、写作相当的水准，我几乎每天都来两趟。那片空地上写下了无数遍小学时就应学会的拼音字母，那面灰墙上也印留下我无数个不可示人的心事和梦想。记得我还摘过一朵野花夹在一本汉语参考书中，后书被一个女同学借去差点没演绎出一段故事来。

从宿舍到图书室八十步，从宿舍到餐厅一百二十步。图书室在楼里，餐厅在楼外。但餐厅必须常去，而图书室却不可以常去。那时是"文化革命"刚刚结束，图书室里幸免于难和新添置的图书也不过万八册。外加几十份报刊。借书的人多，可借的书少。来阅读的人多，阅览室的座位却很少。一般说来，去晚了基本是看不到。管图书的是一个高高胖胖的老师，说起话来极其挖苦和严厉，大家背地里都骂她是母夜叉。那时确乎只有周三周五的下午才允许学生借阅，其余时间只对老师开放。有一次有几个高年级学生和老师一起进去又一起出来，我们以为她改变了政策，便大着胆子闯了进去，不想又挨她一顿呵斥。我们与之理论："他们可以我们为什么不可以？"她说："他们是他们，你们是你们，你们就没这个资格。"我说："那好，是你定的还是学校定的？"她说："是我定的，你能怎么着？"我们就去找校长，这一找，还真就起了作用。后来晚自习便也可以去胡乱翻上一通了。为这，她对我十分憎恨，可渐渐发现我只是为了看书，并非对她抱有成见，便改变了看法。且每天都在那里为我留一个座位，这使我感动不已，常常在闭馆时帮她干活。如果问我，在师范学习期间什么是最大的收获。我可以肯定地说，这就是最大的收获。每天平均上课五小时，做作业两小时，在图书室里却要泡上五六个小时。忘了是谁说过"读书不是目的"的话，我看是有道理的。那时也真没有什么目的，只觉着自己的脑袋很空，于是就什么都装，从文学名著到古籍典章，凡可猎之物，皆入眼囊。十几年后，才觉得那些日子尽管匆忙，但没有白过。那间小小的图书室，更将是终生难忘。

当学生的日子，最盼的是开饭，最怕的也是开饭。那时师范学校是供给制，每月每人发拾叁元伍角的伙食费。每月30斤定量粮中仅有五斤细粮。一般情况下，每周吃两次馒头，一顿大米饭，其他的便全是玉米面和高粱米了。吃细粮的日子就像过年，早早去排上队，准备好带有特殊标志的细粮票。有时不等打完菜四两馒头已经下肚，只好再清一色地吃菜喝汤。每逢这时，那些有道者便打女生的主意，三套两套地就套来一个馒头，末了自然少不了挨骂，但得了口福，似乎挨骂也值。我有一位大我五六岁的师兄，那时可谓是校园一宝儿，平素里常和食堂的师傅们说笑，到吃细粮时更可显出神通，不但自己多吃，我们几个兄弟也同样可得一饱。他先是买了自己的一份儿，过一会儿，再去与师傅们硬泡。不是岳父光临，就是小舅子造访，再不就做出一副可怜相。师傅们取乐，他取实惠，端回来大家围抢一场。那份兴致，至今想来仍令人向往。那时候，不是我们这些人吃不得苦，大多来自乡下，若不是上学，恐怕这样的饭食也吃不上呢。但是人离家在外，总会多几份感伤，更何况常年的白菜汤、菠菜汤、土豆汤，谁能抗得住这三汤穿肠？所以，有许多人都得了胃病。我能幸免，大抵是我生不择食，借了口壮和苦底儿的光。

从上学到毕业，我们在这所学校待了一年零三个月。去掉两个假期，正好四百天。这四百天让我重新选择了一条人生的路，可以说这所学校是一个新的起点。转瞬之间，我已离开它十几年。十几年中，说不清遇过多少坷坷坎坎。但我信奉这样一条格言，苦到不觉苦时苦亦是甘，难到不觉难时难中再不会有险。这是生活给我的启悟，同时也该归功于让我学会思考和忍耐的那四百天。

# 楼中猫鼠记

楼中有鼠，楼中人早已不以为然了。

这是一栋老楼，上下两层几十个大房间。先前曾有一些讲师、教授和中层领导住在这儿。现在知识分子的地位高了，学校的条件也好了，这楼便成了杂大家儿。年轻的职员、后勤工人、外地来进修的单身汉子都聚在这儿，我们便是这最后一类了。

过日子少不得破东烂西，室中狭窄，自然都堆在走廊里。缸缸瓮瓮、坛坛罐罐，零散家什煤气灶，痰盂便桶拖布杆儿，晚上再推进几台自行车儿，便腿难迈、脚难抬了。楼道里有放盆放碗的，也有放米放菜的，冬日到来，门也闭了，窗也关了，一到饭时便云遮雾绕，五味俱全了。

邻室的大娘在时，曾养得一只很漂亮的猫，雌性，不大，一身油亮亮的绒毛儿。老人叫它欢欢，我们也叫它欢欢，楼中的孩子们玩它，大人们也玩它，欢欢还真会讨人喜欢哩！可因为一个美丽的错误，欢欢却惹人不快了。从此我们也便再不能见它。那是秋天，欢欢每个晚上都叫，咪儿咪儿，常常是一叫半宿。我们以为它病了，便对大娘说："怎的不去给它看看？"大娘只是笑，原来欢欢到了恋爱的年龄，那是在呼唤"情郎"呢。第二天早上，楼里便有人嚷了，那个花俏女人骂得还真难听呢，大娘的媳妇听不下去，回到屋里偷偷地哭了。大娘一气之下便带欢欢走了，她说城里人不如乡下人好，太刁蛮了。

欢欢走了，老鼠便乐了。不知道它们从哪儿一窝蜂地搬进楼来，先只是在夜里活动，后来白天竟也大摇大摆出来，好像走廊理应归它们所有。饿了，便大吃大嚼；乐了，便大喊大叫。有时夜里竟能叮叮当当吱吱哇哇把人吵醒呢。这时人们便想起欢欢来，悔当初不该把它赶走。可后悔有什么用呢？欢欢不知在乡下生了多少儿女呢，它永远不会到这儿来了。

鼠多了，人们也便习惯了，把一些值钱的东西挪进屋里，门外的事儿就不再管了。我们是寄身人，身边除了书籍是没有东西的，鼠自然就更不关我们的事了。可事儿也有凑巧，那一日竟有只小鼠钻进我们的屋来。先是在地上窜来窜去，之后就不见了。B君关好门，我和A君各操帚把，可那鬼东西怎的也找不着。后来，我们把床挪了，它竟鸟儿似的贴在墙上，一帚打去它却溜了。我们又追，它又藏，大抵有三个回合，我们竟被它累得满头大汗。室中无缝，它是走不脱的，我们便坐下来休息。之后B君提出"水攻"，我们欣然。于是便一个操起热壶，两个驱赶，不多时鼠至水到，它再也逃不脱了，在水中挣扎片刻，便动弹不得，奄奄一息了。

　　扫出死鼠，二君携书去了，我忽然感到那鼠可怜。想它刚来世不久，只因误闯室中便一命呜呼了。如它也像父辈那样，只在廊中横行，又怎能遭此横祸呢？楼中人大都聪明，鼠亦狡猾，独这小鼠太愚蠢，我也太多情了。

# 别了，老屋！

　　说是老屋，其实不老，屈指数来，它还不足十岁哩。可在我们眼中，它的确寒碜得可怜，在一幢幢高大的新房之中，像一只蜷曲在骆驼足下的老羊。砖石褪色，门窗的油漆片片脱落，就连玻璃也似乎不如从前那么光亮了。总之，我们就要离开它了，我怎的也寻不回当年住进时的快活劲儿来。

　　那是一年夏天，我们的蜜月还没有完。学校的后勤主任就来驱我搬家。因为我们的"洞房"是教师的独身宿舍，眼下暑假已尽，就要开学上课了。我是个单身汉子，在这镇上又举目无亲，可往哪儿搬呢？新婚的快乐立即荡然无存了，妻见我如此愁苦也凄然泪下。

　　翌日，岳父来了，妻竟将夜里的话一一说了。老人沉默良久，试探着对我说："自己盖吧？！""盖？"我诧异了。心想，一无钱，二无地，到哪儿去盖？"到我的院里。"见老人诚意，我们自然高兴。于是便借了些钱，买些砖石，自己动手修起房子来。地面不宽，我们的房子便也不大，去了厨房，不足十个平方米，东西难盈二米，南北却很狭长，活像一只火柴盒儿。可这是自己的啊！不等墙皮干好，妻便张罗着搬家，永远也忘不了那一夜，好像那一夜生活才真正地开始。

教书的人学生多，做文章的朋友多。我既做文章又教书，客人自然比别人多。妻很好客，常买些烟茶备在家里。朋友们来了，谈得亲热，喝得身暖，常常来时脚轻，去时脚重，真有些恋恋不舍呢。每至于此，我便想起《陋室铭》来，"斯是陋室，唯吾德馨。"妻笑我痴，我却自以为得意，每每薄酒素菜尽欢。

可随着儿子降生，书籍增多，这屋子便愈发显得小了。常常三五好友同至。便要有坐有立，儿不能下地，妻不能进前，独我作侍，烟多茶少，霎时便云遮雾罩了。妻说："若有一间大点的房子就好了。"我也常这么想，可不能这么说。我们这些"老九"，虽说不再"臭"了，可也只是嘴上香甜，学校里的元老们还有寄人篱下者，谁知我辈何年何月才能分得房呢？我便对妻说："知足者常乐嘛！"她只是苦笑，我心里很是不安。

四年过去，我们真的分得了房子，里外两间，四十平方米，虽说比不上人家的三室一厨，但比起我们的老屋来，毕竟宽敞得多。搬家的车来，朋友们将我的书一捆一捆地往外扛，差不多占了半个车厢。一切停当，车便要开动，这时却不见了妻子。我去寻时，她正在空屋里站着，眼睛潮湿，像是刚刚哭过。是为这老屋吗？我的心也酸楚起来。外面又有人叫，我们只好上车。

坐在车上，妻默默不语，我的心也总离不开那间老屋。为什么呢？我说不清。没有新房时，常常盼着离开它，真的离开了，又有些不忍，好像有什么东西还留在那儿，是什么呢？我又说不清了。

我可爱的老屋啊，孕育了我聪明的儿子的老屋啊，曾经充满爱和友谊的老屋啊，和我们同苦共乐的老屋啊，别了，别了……

# 无　名　巷

　　无名街上有条无名巷，坎坎坷坷的路，高高矮矮的墙，说谷就像谷，说峡就是峡，一里多长却只有一米多宽，如果有人推着煤车从一端走来，迎面的人就得虫子般贴在墙上。巷中看不到绿色，一面是前栋房子的后壁，一面是后栋人家的院墙。墙分高矮，参差错落，大多砖头瓦片镶嵌，灰的土灰，红的土红，好不扎眼。只有巷口站着一棵老态龙钟的垂柳，柳下还蹲着一只石狮子。据说，这石狮子和柳树都是乾隆年间的，那时，这儿是一个大户人家的外院院门。狮身如今已完全被土吃去，只剩一个脑袋露在外面，虽然张口瞪眼，可早没了当年的威风。

　　无名巷风风雨雨几十年，出出进进几百家。早年这儿的住户有干部、工人、司机、医生……三教九流，五行八作，应有尽有。现在却不同了，整条巷子都归老师们所有，清一色受人尊敬的教书先生。所以有人曾给这条巷子起了名字叫"教育巷"，可这个地方，除了自来水公司一年收一次水费、供电所三月收一次电费、"爱卫"主任半年收一次卫生费之外，很少有外人来。结果这个名字便只有巷中人知道了。

　　无名巷中的人家大多住得挤，一间七五的单元，合起来不过三十平方米。且又都祖上有德，五十刚过便儿孙满堂。如今当老人总不像从前，媳妇进家，婆婆就得倒出大屋上小炕，社会皆然，人们自不会笑。当然，如有三儿两女，就又当别论，须得早早攒上千儿八百，在瘦小的院子里压个偏厦。烟囱冒烟，房产就要来登记，万事人为，事先不走通好，占了地皮，盖上也得扒，不拆准挨罚。

　　无名巷中的住户大都有一多，那就是家家户户书多。大人的书，孩子的书，破烂箱子大纸盒，旮旯犄角到处是，说是书山书海也不夸张。但一般都不备书柜，一则屋里地方小，二则那东西价钱高。包子有肉不在褶上，读书人嘛，懂自尊也会自慰。贫寒不足耻，清高祖上之遗德，不是圣人操圣业，管他蝇眼看人是高还是低。无名巷的后生还真争气。赶上了好时候的，没给老子脸上抹黑，年年都有高校的录取通知飞进巷子来，鲜红的大印像一枚枚小太阳，照得整个巷子都生辉。

　　随着时代的变迁，这巷子的客人也渐渐多起来，逢年过节也有大包的烟酒叩响巷中的门，送礼的自然是那些没有知识，却看到了知识价值的聪明的小老百姓，他们巴望老师多给孩子吃小灶，有朝一日金榜题名好成龙。老师们自然也见不得礼，推让之后也只好收下这诚心。送走了客人还得把礼物拿出来掂一掂，看付出多少汗水才能还了这笔良心账。

无名巷的人家都有一怕，不怕偷，不怕抢，就怕遇上连阴雨。先前的住户图方便，灰灰土土都倒在巷子中，日久天长，人长土也长，巷子地面快赶上房子的窗台高，每逢七月，未雨先叠坝，不然水进院子，院子就会变成湖。如果雨大，有坝也须常排水，不然水进屋里，屋地就变成水笸箩。这时节，家家户户男女老少全出动，脸盆水桶叮叮当当一齐响，舞台上看不到的这儿能看到，乐池边听不见的这儿能听见。苦在其中，乐亦在其中。

无名巷虽离正街很远，既无车马之行，也无闹市之喧，但巷中的消息并不闭塞，哪儿有什么新闻，哪家书店来了复习资料，哪个学校又有学生考进京……他们总要讲给巷口的老树和狮子听。当然，他们最关心的还是调资，狮子和树常听到这样的话题。巷中的夫妻也有吵架的，可从没见过大风大雨。巷中也有人爱发牢骚，骂××当了官就不认老师和同学；骂××官只会许愿不办实事；骂自己无能；骂世道不公……可骂了之后还是忘不了那堆作业本，忘不了为学生再编一套练习题。

无名巷最忙的时候算是早晨，七点半钟上课，学生要提前一个点到校，老师要提前半个点到校。五点钟就得倾巢出动，做饭的做饭，打扫的打扫。虽说是粗食布衣，但大人孩子都要吃得温饱，穿戴整齐。待一切收拾完毕便上路，用锁头锁起一个明明亮亮的早晨。

就这么一条小巷，至今还没有名字。听说政府正计划将这里的房子拆除，为教师建一栋住宅楼。相信，待楼竣工之日，小巷定会有一个响亮的名字的。

# 无名居散记

## 书痴居志

古之富学者曰书仓、书巢、书库。今有好书但学不富者，自号书痴。书痴有宅，不敢称斋，不敢称馆，亦不敢有名，故以"无名居"号焉。

无名居在小城西南。

小城有名，梨树是焉。城西而南有河西过，此乃无名河是焉：河阳树茂，有村舍隐然。村长逾里，梯状南延。村中大多新型瓦舍，红墙青顶，等距毗连。此乃无名村是焉。无名村本无村，原为一片荒野，早年曾有坟冢没于草间，后来征为庠序之用，辟之为校田。此处田肥禾壮，种谷得谷，种豆得豆，于是就让人忘了它的当年。再后来城中人多地少，于是便有人在这里造宅围园，久而久之，集宅成村，但有村无名，且村中之民多认那位周游列国的孔老夫子为事业的祖先。

无名村北距河百步，有木篱柴门小院一座，此乃无名居是焉。无名居主年方而立，常常自诩与笔墨投缘，兴来则信手涂鸦，书之画之，状如癫憨。书毕画毕，上墙自赏，时而拂首窃乐，时而望纸兴叹，之后或挂之数日等友人品味，或愧而生怒化之为烟。

无名居主书癖甚重，每遇心爱之著从不问钱，他曾两度进京，醉心于山水名胜，更流连于书摊书店，有时竟倾囊狂购，回来时掏不出归途的车钱。他人痴书杂，亦古亦今亦中亦外，三教九流，五行八作，良莠俱全。柜中、架中、桌上、床上，随处皆是，就连睡觉，也须搂书才能酣然。为此妻曾愠怒，骂他为书痴书癫。

无名居主亦喜胡诌，长则为文，短则为诗，梦中得之披衣夜起，路上得之签而投囊。每每亦作孩童之气，书以离奇古怪之语，不知那些掌了生杀文字大权的编辑们受了他什么贿赂，竟在才子如云的情形下，让一个书痴混去那么多酒钱。这家伙喜酒而无量，会友必饮，饮则必醉，醉则必酣，酣则面红耳赤疯疯癫癫。

无名居最热闹的时候是文朋诗友、墨客骚人推盂轮觞。无名居最冷清的时候是主与妻各客一方，此处只余一座空房。

书痴为谁？笔者自戏耳。

## 茅屋为秋风所破歌

牛年菊月，刮起了罕见的西南大风，风起四五级，渐而六七级，到了正午时分，竟刮得人不能直立、树呜呜作响了。

我的宅前有两间茅屋，不高，平顶，是不久前朋友们帮我盖的。一头储煤，一头盛装破烂东西。屋墙一色红砖，屋顶油毡压茅，盖时朋友们曾建议茅上抹些泥巴，我一笑置之，蔑视他们不懂美观，便在油毡接头处摆一行整砖。红边黑地，在外面一看，好不周正的一个压扁了的"目"字，行人称妙，我更自为得意。

我的东邻住着一位乡下来的大嫂，人很瘦小，因为不知道她的名字，便背地里叫她瘦嫂。瘦嫂的丈夫不在家，又养得一条很厉害的狗，人们便很少和她往来了。我的西舍是一位机关干部，三十多岁，也略懂得一点儿文章，我们常以同行相称，来往便渐渐地频了。我好酒，他亦能饮几杯，有朋友至，便常常相邀，他并不推辞，痛痛快快地来了，痛痛快快地喝了，我嘉其实在，便更亲近他三分。

大风起时，我正在室中写字，儿子报告说，小房起了大包。待我到时，风已将油毡掀起，像一面黑旗呼啦啦地摇着。砖石四散而飞，眼见得就要掘出茅草，我拼命地捂压，可无济于事，霎时便急出一身冷汗了。妻在房下手足无措，儿竟吓得哇哇地哭了。哭声惊动四邻，有的扛着杆儿来，有的抱着石头来，那瘦嫂竟将一对老式板门也抬了来。独那文朋酒友开门望了一眼，便缩回去了。送走诸邻，我忽然自惭起来，悔当初不该不听朋友们的话，只注重外表华丽，而忽视了茅屋的质量；悔自己这写文章的人太不识人，那瘦嫂，那不知名儿的少年，那刮破新衣服的老伯，他们都与我非亲非故，却在危难时伸出援助之手，让我好不感动。

# 过去的一年

去年元旦的时候，我曾为自己摹制了一幅中堂。我说摹制是因那形式是现成的，而且我还步了原韵。见那中堂大抵是在王兴先生的桌子上，为一农民书家所作，可惜我忘了他的姓名。总之，我看了很是喜欢，于是就从那张报纸上抄录下来，回来摹制了一幅。其词如下：

柴门小院瓦屋二间

居简住陋不觉寒

一张方桌摆纸砚

书作方塘笔耕田

日夜种作

人世忧乐在心间

朝也欣然

暮也欣然

喜来饮酒

愁来吸烟

与儿玩耍返少年

愿得清闲

难得清闲

兴起夫妻话灯前

说古道今

你争我辩

恩恩爱爱情绵绵

终生安乐

胜做神仙

可惜因为字丑一直未敢出挂，在我的方桌下一睡便是一年。今日打开观看，不禁为这带有禅味的幻想而哑然失笑，因为这一年的踪痕与之悖谬得已经太远了。

方塘笔耕倒是做到了，但却未能日夜种作，大多的时间荒于烟茶与酒，人世忧乐虽时有感触，然而心却木然。所以文章作得枯燥，诗也写得极少，实在是朝也昏昏，暮也昏昏，稀里糊涂混过了一年。

与儿玩耍不要说，就连说古道今也已经不可得。因为妻在他乡求学，儿在移处寄养，三口之家分居三地，非但做不了神仙，而且是一夜之间便沦为单身汉了。

这一年最大的收获莫过于文学界师友们给我的鼓励。先是《作家》《关东文学》专辑介绍，之后又开作品讨论会，最近在评奖中，又因错爱而跻身于师友之中。想来真有些惭愧，故作这篇小文，以总结过去，迎接明天。

戊辰元旦识之。

# 花　与　树

　　面对一簇花和一排树，你来问我，你喜欢哪一样？你也许希望我回答是花，抑或是树，然而我却说：我都喜欢。

　　记得小时候在山里，确乎是很喜欢花的。春天里父亲上山耕地，我总是要跟了去的，不是为了撒野，而是为了那些早开的山杏花。那一树一树的，远远地望去，漫山的白雪，一阵风来便捎来它的香气。爸爸是不在意的，他顾自地赶着牲口向田里走，头总是低着，好像要从山路上找到点什么。有时也扬一扬鞭子，牲口便小心翼翼地摆几下头，它们对那香物也是不在意的。来到坡上，我便放缓了脚步，父亲回头看不到我，也便随我去了，总之，他相信他的儿子不会丢。于是我便进了我的世界，幻想成童话国里的王子，去与林中的杏花公主会晤。坐在树下，或攀在枝上，看花儿慢慢地开。实际上看是看不到的，可我总是相信自己看到了。直到天暗下来，父亲的鞭声在路上响起，我才想起该回家了。这时，就再也顾不得树的疼痛，一枝一杈地折。等到晚上，家里便成了花的世界。瓶瓶里是，罐罐里是，见了清水，花儿开得更精致呢。妈妈总是很高兴的，可爸爸却连连摇头，说他的儿子像个女孩儿。

后来走出了童年，也离开了大山，花也便开得不那么鲜艳了。中学的时候，似乎也曾在院子里种过几次，什么牡丹、芍药、刺梅、灯笼，可蜂拥蝶至的日子里全没了孩提时的兴致，看仍是看的，但却再引不出什么美的联想来。开便开了，落便落了。后来在花下读了《红楼梦》里黛玉的葬花词，又使我生出无限的感慨来。花，渐渐地离我远了。

又过三年，爱神和我在林间的小路上散步。不敢读她的眼睛，就读路边的小树。正是四月天气，杨树刚刚返青，柳枝刚刚抽芽，虽然依然很冷，但在它们身上，我已感悟到春天的气息了。那是诗的年龄，可惜那时还不会写诗，如果是现在，我一定会对她说："就这样默默地读你，读你成一棵永久的春天树，读你的婀娜、读你的婆娑，读你枝条绽放出生命的绿色。"那时望着那树，确乎也曾这样想过，可木讷中飞了灵感，只将醉心的一吻留给了那个黄昏。与树，就这样结缘了。直到如今，在感觉里依然生长着它们。无论杨的潇洒、松的挺拔，还是柳的妩媚，榆的憨朴，都能引起我无限的羡慕呢。因此，春日里看景找树，夏日里乘凉找树，秋日里远眺找树，冬日里踏雪还找树，树与青春一起成为历史，树记下了我生命的年轮。

但是，直到写这篇文章之前，我一直没有想清，我为什么会由爱花转而爱树，这一直是我心中的一个结儿。直到有一天，我在岛省女作家席慕蓉的散文里读到这一段话时，我才明白过来。她说："其实我们的一生和花的一生也实在没什么分别。我们都一样，都只有一个春天，只有一次开花的机会。你们大概从没看过有哪一种花是开了一次，还可以开第二次的吧？树可以有第二或第三、第四个春天，而对一朵花来讲，春天是只有一次的。"不是吗？树可以在每个春天里泛绿，可花呢？下一个春天里开放的还是它吗？可人呢？下一个青春期，走在林间小路上的还是我吗？

# 为 父 者 言

小时候最向往的就是有一天自己能当爹。爹是什么？爹是高高大大的树，让家里所有的人都躲在它的树荫里乘凉。爹是厚厚实实的一堵墙，挡住雨也挡住风，让小屋永远做着温馨的梦。爹就是老虎，是狮子，是吼一嗓子就能震住一切的神。

可真的当了爹，才知道爹的威风只是一面高高挑起的旗。那面旗的后面还有那么多辛酸、烦恼和无奈。当了爹就免不了要当搓衣板儿，洗尿布不说洗尿布，美其名曰"万国旗"。当了爹就得当小保姆，当厨子。总之，就是一句话，想当爹就得没脾气。

千辛万苦挨过一年，看着水水灵灵的小东西，心里也顿生几分惬意。心想儿子一张嘴，冲他老爹辛苦的份上肯定会最先叫一声爸爸，可一张一合之后，什么都会说，就是不说爸爸。不叫也成，反正谁也不会从字典里把这两个字给抠出去。今天不会叫，明天总会叫，说不定会叫出点花样来。不叫倒好，叫了一声爸爸扔了所有玩具。什么小兔小鸭小公鸡，皮球娃娃照相机。只要一样，那就是爸爸。坐在胸脯上，胸脯就是芳草地。骑在背上，当牛当马也当驴。床上骑，地上骑，家里骑，街上也骑……

再后来的日子，就是你写字他要写字。为他准备的纸笔他不用，专抢你的笔在你的纸上涂来涂去。有时刚刚抄完一页稿子，转眼间就留下了他的笔迹。画个圆就说是太阳，画条线就说是海水，还拽着你的耳朵问你"宝宝画，宝宝画"。你说气不气死你。你打他他就去告状，且一告准赢。轻则收去你的纸笔归他所有，重则暴风骤雨满天霹雳。你吵，他就大哭。末了，娘儿俩摔门而去，还甩你一句："不就是一篇破稿子吗，有什么了不起！"

上学了，按理说总可以松一口气。可他问你："人家的爸爸都去接送，你为什么不去？"是啊，人家都能接送，咱有什么理由不去？你有轿车咱有自行车。有风迎风，有雨迎雨，赶上大雪天儿，还得早早地站在校门外，宁肯咱等儿子，别让儿子等咱，如果冻坏了，那还了得？送完一年级送二年级，送完二年级送三年级。到了四年级不用送了，又来新的问题。今天参加这个班，明天参加那个赛，花钱倒是小事儿，可天晚了总得去接，路远了总得去送，谁能放心让孩子独来独去。最难办的是他的"理论"越来越多，比如学习不能太累，死做题不利于开发智力。所以，每天必须保证有时间玩、有时间休息。比如多吃水果有益健康，冬天多吃香蕉，夏天多吃雪梨。再比如打电子游戏能锻炼思维，绝不亚于做任何智力习题。你说没听说过，他准说你是老冒，过时的脑袋怎么能认识现代的问题？

　　说起来这还算好，最可气的是他的生活决不允许你的干预。他想玩便玩，想走便走，你若不许，你就是不民主，你就不是一个好爸爸。他想看书你就不许说话，他想写字，你就得把桌子让给他。他想郊游你就得陪伴，他想吃啥你就得立马去买。现在看来，爹已失去了所有传统意义的优越，确实难做了。

# 小 小 书 迷

——爸爸，爸爸，周日去北京书店好吗？

北京书店？

——是啊，我们同学说了，进平阳向右拐，第二路口有两家商店，下去就是……

——好了，好了，去就行了吧？

爸爸有些不耐烦，小小书迷歪着头，仰着脸，进了家门还一直没放下书包呢。

——爸爸，这是什么路？

——北安路。

——噢，北安路，太好了。

——好什么呢？

——我们同学说了，这儿也有一家书店，还是专卖儿童读物的呢，你领我去吧？！

爸爸满心不愿意，可有什么办法呢？走在大街上，那奶气的声音还那么甜。他看看坐在车架上的小小书迷，嘿，正扬扬得意，满心欢喜呢。

——爸爸，爸爸，我又发现一个书亭。

——什么书亭？

——卖好书的啊！

——好书？

——对啊，就是你喜欢的。

——我不信。

——不信？你问妈妈，就在交通银行附近，对吧？

妈妈当然要说对的。真是一只又天真又狡猾的小狐狸。

——爸爸，爸爸，你去问问有没有《超人》？

——你自己去问嘛！

——我不敢，你去吧！

书店里，小小书迷央求着爸爸。

爸爸挤到柜台前，小小书迷焦急地等在人群后面。

——没有。

——没有？

小小书迷非常失望，恋恋地盯着书架和柜台。

——我们同学都买到了，不会没有的啊？再不，是别的书店？

小小书迷等待爸爸回答。

——我们找找看吧！

小小书迷紧牵着爸爸的手。一家。又一家。

——爸爸，《超人》。

整个屋子都被小小书迷的惊喜给惊呆了。一道道异样的目光如水，从爸爸的头上一直流到独生子的脚下。

——多少钱？

——六块。

——六块？

爸爸心疼地掏着口袋，那可是他两天的汗水啊。小小书迷还不知道顾及这些，他站在柜台前面，将书翻开，早把身边的爸爸给忘了。

小小书迷是谁？他叫蟒儿，今年七岁，是我的儿子，正在树勋小学上二年级呢。他还有许多故事，比如搂着画册睡觉，和书中的小主人对话……他不让我讲，所以，就只能写到这了。

# 另一种愧疚

进了庚午马年，儿子就快八周岁了，再过几个月，已该上小学三年级了。可不知为什么，在我的感觉中他似乎变得愈来愈小，反倒使我这一向寡情的父亲时时地牵挂起来了。

儿子初来尘世的时候，我们和岳母住在同一个院子里。老人家虽然将半世年华都交付给七个儿女，可对这隔辈外孙依然爱如掌上明珠。未出世的时候，就备了衣啊袄啊，还有一床精制的红被。出了世，孩子的冷啊暖啊，大人饥啊饱啊，自然全由她一人包了。我虽也曾在妻的催促下洗过几次尿布，可心里极不情愿，甚至为此以及妻子的淡漠而恼恨起这孩子来。

后来儿子渐渐地大了，确乎以他的聪颖讨去我几分喜欢。但在今天看来，那亦是微不足道。那时正热衷于诗坛争名，日里除了应酬官事，便是眼巴巴地盼编辑部的来信，夜里撇妻舍子独自到办公室里苦吟。偶得新作问世，则欣喜若狂，若连收退稿，则要冲儿子撒气了。

关心起儿子，是在进入而立之年以后，那时妻在北京我在省城，儿子留在县城，虽然知道有岳父母照料，但心里总是放他不下，身寒则忧其衣，腹饥则思其食。每每得时便登车回往，只要能看他几眼，在他睡后亲上几下，苦也心甘，累也情愿。

接他入城，全家借居在一家旅馆，距儿子的学校只有里许路程。出则要送，归则要接。逢问或答：刚来不识路；或答：路上车太多。其实，心里十分明白，这只不过是一个借口而已，真正的原因则在于不这样心里不能释然。因为攥到他温热的小手，可以使你宠辱皆忘，看到他蹦跳的背影，可以使你得到为父的欢欣。每到这时，我便会想到自己的不孝。当年为人子时，父亲岂不也是这般地温存？可那时却总记得那打在屁股上的巴掌，那扫我玩兴的巴掌，那教我读书的巴掌。父亲，我是多么地无知啊！

如今，父在黄泉，我站在父亲的位置上面对儿子，无论对老对小都有一种愧疚，我真心地企望着他们的原谅。

# 我不是一个好父亲

记得《三字经》上说：养不教，父之过。在这一点上，家父在时是一向恪职尽责的。如我等稍有不尊，他的巴掌是从不容情的，那时我就想，为父当严，但何以这么凶呢？我若是当了父亲决不会像他这样的。可后来自己真的当了父亲还是学了父亲，因为人一旦站到另一个位置上，他的观念也注定要随之改变的。

儿子小的时候，自己确是恪守过童年时立下的诺言。那时我们住在一个小镇上，宅边有一条小河，河边是一片草地，我时常带儿子在那儿蹒跚学步，亦在那儿教他牙牙学语。但是，这美好的印痕后来被淡淡的隐忧覆没，这隐忧就起自于我这为父者的另一种责任。

那是进城以后，儿子进了颇负盛名的树勋小学。那个夏天他很争气，一个在小镇一年级没学过标点符号、刚入校时险些被班主任退掉的小不点儿，不单学会了作文，且在全国"少年杯"儿童诗大赛中获了奖。老师高兴，校长高兴，我这个当爸爸的自然更高兴。可后来这孩子却一反常态，上课眼睛直直的却不是在听课，作业也不能认真完成。老师言与我们，夫妻大惊。问之，先是不语，继而饮泣。再问，伴泪而言：想回老家，想外婆，想那条小河，想那片草地，想那些一起抓蝈蝈逮蚂蚱的小朋友。我听了，气愤不过，便重蹈覆辙，以掌罚之，违了初衷。

这之后的日子，家里好长时间去失去了喜悦，与我相伴的是父责引起的担忧。与他相伴的是写不完的字，做不完的题。别说，这祖宗传下的招法还真管用，那一学期他果真考了好成绩。为了助子成龙，寒假的时候，我给他做了份计划，每日背一课书，做十页题，记一篇日记。同时，还要写诗念英语。开始的几日，白天里把他一个人锁在家里学得还算起劲儿，可后来就渐渐地学不下去了。我在午间回家时曾登窗偷窥，发现他像困鼠一样在地上窜来窜去，书在桌上，笔在床上，满纸上画的全是和玩有关的想象。当下甚为不悦，进屋便训了他。不想，这一训竟使他病了。不日，亲戚从家乡来，将他带走，当我们春节见面时又白白胖胖的了。

现在想来，我恪尽父责是对，但这强硬和武断大抵是错了。就像当年我怨恨父亲一样，他在心里也一定会怨恨我的。记得我友文辉说过"城里孩子无童年"。孩子远离自然即是一种不幸，我们做父母的再无限量地要求，将童心扼死，将天真泯灭，这不是太残酷了吗？所以，在这篇文章里我真心地请求儿子原谅，也愿天下所有的父母都能将孩子的自由归还给他们。

# 我 与 儿 子

　　母子情深，古今公论。

　　我原也这样认为，可现在自己做了父亲，细想起来，这公理似乎有点儿不公。母子情深，父子又何尝不是？别人我不知道，对自己我是清楚的。抛开事业不论，在个人生活中，儿子确实是我精神的支柱，是我生命的太阳，离开他，我心的宇宙就感到寂寞和空虚。所以，在这远离他的地方，当我一人静坐桌前，或者躺在床上，首先想到的就是他。或是柔声细语，或是滚打戏闹，音容举止，历历在目。每至于此，我的心便似乎有了寄托，像空旷的池塘飘进几朵云，单调的草坪绽开几朵花。看到这里，也许有人会笑我自做多情，可既然有情，也不好憋在心里，那样说不定会让人生病的呢。

　　我真不知此刻儿子在干什么，若是我不离开他，这正该是去公园的时候了。夏日里天好，每吃过晚饭，他都要拉我到公园去走走。这是小镇唯一的风景区，离我的宅子不远，周围是一圈高龄的榆柳，间或有几株白杨，像鹤立鸡群翘首眺望。园内有一个湖，不大，水很深，由于常年沉睡，水面已变成绿色。有时我和儿子来这儿钓鱼，也钓故事，像鱼那么新鲜。儿子是听不够的，直到钓不上来为止。即使这样，他也不会善罢甘休，蹲在水边用网兜捞月，一场空也不要紧，他得到了欢愉，我洗去了疲乏。

湖的南侧，有一片空地。有秋千，有滑梯，有旋转的马、鹿、白兔和公鸡。这里才是儿子最感兴趣的地方，骑在马上，或者骑在鹿上，有时也爬上滑梯，真有上天揽月的气派呢……

我爱儿子，倒不仅仅为此。更主要的是他复活了我的童心。也许正因为他，才有那么多灵感天天环绕着我，那么多激情时刻冲撞着我。我说这些，也许别人不会相信，可我信，因为在孩子的眼睛里，世界是他们的。他说太阳是苹果，黑天时被他装进了盒子，早晨又放在天边；他说画上的柿子可以吃，一半给我，一半留给妈妈。这不是诗吗？童年时我也会这么幻想，可长成大人后，这一套就忘却了。如今他又教会了我，从这一点上说，儿子不是我的老师吗？

我爱儿子，也爱所有的孩子。因为希望属于他们，未来属于他们，他们才是未来世界的真正主人。

# 儿子的"军火"库

儿子的"军火"库是姥姥的炕柜。

姥姥的炕柜并不老。姥姥是个苦命人，劳碌了一辈子没攒下什么家当，到了晚年境况好了，才算盼来了这么一只喜欢一辈子的炕柜来。柜子的样式也不新颖，属于20世纪六七十年代乡下流行的那一类，长条儿的立体，对开的玻璃门儿。柜上面有一个高它一倍的玻璃门儿木头架，是撂被用的，人们叫它被格儿。

姥姥视这柜子如宝，不要说天天擦得溜明锃亮，就是孙男外女来了碰它一下也绝对不成。但这事儿唯独我的儿子例外，儿子和姥姥有着特殊的感情。

我成家的时候是个穷光蛋，在集体宿舍里度完了蜜月就搬进了岳母的小里屋。后来虽然自己立了锅灶儿，可还是住在一个小院中。妻子在妇道堆里该算是一个事业型女子，工作上的事儿样样都行，家里的事儿却样样都松。这样，儿子一落草便落进岳母的怀中。儿子已经七岁，在这七年里，大多的日子是搂着姥姥的脖子入梦的。

儿子三岁开始收集"军火"。记得第一件是一位朋友为他买的塑料坦克。那时他玩够了就拆，拆完了就扔。为这，姥姥总是生气，可气完了还得帮他收起来装进仓库，以备第二天再拆再扔。后来儿子便不再满足这种拆装游戏，他看了电视，他要飞机，要手枪，要望远镜。要了自然就会有的，这时姥姥的柜子便真正成了他的"军火"仓库了。儿子天性聪明，但却不属于做什么事情都很精细的那一类，粗枝大叶，马马虎虎。说心里话，在这一点上倒十分像我。这样，"军火"多了，库里满了，姥姥便成他的义务守库员了。

儿子在这些"武器"中最喜欢的是手枪，他常常戴上大檐帽，穿上军官服，选支称心的枪别在腰间去充当黑猫警长。他的目标很多，有时是姥爷，有时是姥姥，有时也把子弹射到我的头上。他开了枪你必须得倒下，不然他就会扑上来的。他做这种游戏大多是在四五岁的时候，现在说起来他自己也感到好笑。

儿子现在已是小学一年级的学生了，听岳母说，我和妻子离开小城后他学习很用功，但是他对那些"军火"还是十分喜欢的，闲暇的时候还常常打开库门看看。我想这可能是他生活中不可缺少的一部分吧？就像我每天都要翻翻书。我想象不出将来我们三口人结束天各一方的生活以后会怎样，也许他还会常常回想起那留在姥姥家的"军火"库的。

# 梦断长城

## ——给蟒儿

——爸爸，我们什么时候去长城？

——明天。

——爸爸，我们什么时候去长城？

——明年。

——爸爸，你为什么说话不算数呢？

——……

爸爸没法回答你。爸爸像你一样年纪的时候也曾听到过长城这个名字，那是在爸爸的爸爸讲的那个孟姜女的故事里。那时爸爸是一个像你一样天真的山里孩子，爸爸想什么时候能到长城去走一遭呢？看看孟姜女的泪痕还在不在？看看长城是不是拐了九千九百九十九道弯儿？爸爸也曾像你一样缠着自己的爸爸带我去，可是我的爸爸叹口气摇摇头对他的山里儿子说，那地方很远，要骑马走上一年呢！爸爸失望了，再也不敢去想那想也想不到头儿的长城。

　　后来爸爸的爸爸将爸爸带到了山外。那是在爸爸的母亲下世之后，他不忍让自己的孩子永远困在那没有文化的山里，他要送他上学，送他去见识长城，去见识比长城更为辽阔的世界。爸爸真的见到了，在爸爸走进中学后第二年的那本白皮历史教课书里。老师说，长城是古代文明的见证，是中华民族的象征……爸爸的眼睛都听直了。这就是那个古老故事中的长城吗？当这一切得到证实之后，爸爸的梦想又一次张开翅膀，他想他有一天一定要去见识长城。

　　可这个小小的愿望并没有实现，直到今天它仍是爸爸的愿望。爸爸的爸爸没有等到自己的儿子把书念完就将生命过早地归还给了大地。他在合眼之前拉着儿子的手说，好好念书，念好了书才会有出息的。爸爸没敢忘记他老人家的教导，爸爸就是在书中找到这列将我们拉近长城的火车的。

　　爸爸知道你现在的心里很难过，爸爸的心里也同样很难过。爸爸不是懦夫，他是北方的儿子，他不会因怕累或其它原因就在许诺的第二天改变初衷。他是看你突然病倒恐难经得起长城飙风的吹打，他是心疼自己的儿子而放弃了盼望已久的机会啊！妈妈昨晚守你一夜，听你梦中要登长城的呓语，我们是又难过又高兴。你那日自个儿爬上香山，当我们为鬼见愁而后怕的时候，你竟站在崖畔远眺。那是怎样的风采，多少人为你这北方小汉的气概折服？昨日里你又受了妈妈那班朋友"不到长城非好汉"的蛊惑，你说你也要当一条好汉。你知道我们当时的心里是多么高兴？我想这才像北方的后代，这才是北方的性格。可是现在不行，今日你的身体不好，明日我们的行期将尽，爸爸只能答应你明年再来。

蟒儿，你不必为阿姨的笑谈忧虑，你虽然只有六岁，但已经够得上一条好汉了。你这股永不服输的牛劲是北方特有的赠予，但愿你永不丢失。

# 青青的小树林

青青的小树林
是小鸟儿的家
那些自由的翅膀儿
无论飞到哪儿
也忘不了它

青青的小树林
是小兔儿的家
那些可爱的宝贝
总也离不开它

青青的小树林
是萤火虫儿的家

太阳刚刚下山

它们便打着灯笼

飞出来了


青青的小树林

是故事的家

奶奶的嘴巴是它们的门

一到晚上就打开了


　　三年前的那个夏天，当我为孩子们写下这首诗的时候，我便深深地恋上这片树林了。这片树林距我小城的老宅只有一箭之隔，是专为荒山培养树苗的圃地。这儿的树都不很高，方圆里许的林中高不盈丈，低只尺余。但是树种却十分齐全，什么松杨桐柳，丁香刺梅，无所不具。冬日里灰蒙蒙的一片，看不出什么气派，但一到春尽夏来，花开叶展红瘦绿肥，间或鸟鸣虫叫，这儿便是一个十分诱人的去处了。

　　这诱人的去处最早该属那些耐不住爱火炙烤的少男少女。当那只绿色的太阳背向东方的时候，这儿便成了他们的法定租界。一双儿一对儿，各找各的空间，各找各的属地，虽然近在咫尺，但却互不相扰，仿佛都进入了升仙的境界。每当见到这种景象，我便不免想到北京夏日里的天安门广场和恋爱角，我真为他们这种不避世目的爱之展示感到妒忌。与此同时也常常生出诗人的浪漫，想自己当年是不是也曾依靠过这圃地之外的某一棵树，或者是不是也曾踏过这圃中的某一寸土，想过之后自然十分失望，因为我们这个年龄的人，恋爱时总是偷偷摸摸的，哪敢这般张扬。

其次，这儿是属于那些迎接高考的学生。小城的高中就坐落在林地之北，其间只有一条东西流向的小河。五六月间正是考前的紧要阶段，每天从清晨到黄昏都有无数的学生在这儿泡着。或踱步默背，或低首看书，那幽静的氛围，那感人的画面，真像是一幅剪裁过了的影视图片。这之中不能少了一位鹤发童颜的老者，他每日都做那些女孩子的伴读。带只塑料小凳，坐在她们的对面，像是在读一本本奇特的书。我曾把这事儿对一位朋友讲过，他说那老人是在寻找青春的。

我和儿子去那片林子，大多是在周日。其目的也是若有若无。有时是抓虫儿，有时是赶鸟儿，有时便是摘些树叶和着童话。儿子是一个爱发奇想的家伙，不是让你解译鸟语，就是问天是谁的儿子，太阳为什么傻。有时还把许多故事串到一起，逗你合不拢嘴。每到这时我便会信口编造出种种幼稚可笑的故事来。

那是一片复活童心的林子。

那是一片生长知识与爱的林子。

# 修 炕 记

炕，对南方人来说，是陌生的，对于北方人却是至关重要的。冬日天冷，在外奔波一天，晚上进家往暖烘烘的炕上一躺，真舒服极了。炕，好睡可是不好搭，什么直筒的、花洞的、设灰堂的、带狗洞儿的，在北方人的眼里还真是一门了不起的学问哩。

在乡下老家，搭炕多用土坯。能搭得炕的，大多数是那些上了年纪的老人。每至秋末，新坯子进家，家家户户便修起炕来。先是揭去炕面，掏掏灰土，好烧的便重新抹上，不好烧的就得找个明白人来，这儿捅捅，那儿抠抠，末了搪上新坯，烟囱冒烟，鸡娃子下锅，喝两盅白干儿便算是酬谢了。

可在这城不城乡不乡的镇子上，却大不同了。能搭得炕的就是那些泥瓦匠，他们是万万求不得的，动一动家什就得收些小费，先前一铺五元，现在听说工资涨了，又收十元，末了还要好酒好肉款待一番。

我的新屋有两铺火炕，一大一小，刚搬进时还算好烧，可天气一变竟倒起烟来，呛得人直淌泪。妻匆匆找人来修，一次，两次，三次，该挑的挑了，该扒的扒了，酒也喝了，钱也花了，可烟归烟，火归火，锅依然难开，炕依然难热。

前些时有朋友来，听我说了，竟捧腹大笑，言说他就是修炕行家。于是我便和些泥来，重将炕面打开，朋友便动起手来。砖头儿一一拾出，又一一摆上，七洞变五洞，直筒变花洞，一个时辰过去，炕面总算摆好，又上了些泥，朋友便说："点火去吧，保证着得通快，热得均匀。"我撕了些废纸，架了些干柴，心下默默地祷告，但愿这一次别倒出烟来。可火起烟出，先是白，后是黑，不多时便狼烟出洞了。我真疑心这世界上真有鬼妖作怪，不然为什么让我得到这样的惩罚？朋友见我愣愣地站着，便看了看灶眼说："炕有潮气，顶出去便好了。"我命妻带他先去用饭，自己留下看守，可那潮气怎么也顶不出去，只好将火熄了。

读书时曾学过大气环流的道理，在灶前默坐，我忽然想到，这烟与外面的冷气不正该是同理的对流吗？于是便操起铲子，掘开风洞。这是几次修理人们只是看看而未曾动过的地方，里面空空，看不出有啥毛病，只是洞口斜倚两块砖头，轻轻拾出，又重新抹好。点火试灶，想不到这一次竟如此灵验，烟在灶中打着滚儿，直奔灶眼儿钻去，霎时便在烟囟上袅袅升起。心下煞是高兴。可高兴之余又自责起来，为什么自己不能早一点儿动一动脑筋呢？为什么在万般无奈时才自己动手呢？为什么总要迷信那些并不高明的泥瓦匠呢？但转念一想，这责任似乎并不完全在于自己，社会皆然，时人不是都有这类通病吗？

# 法　帖

　　四年前我曾得一本宝籍法帖，是嵇康的草书《养生论》，阴刻线装，古香古色，字如飞蛇，书如玉枕，让人好不欢欣。那时我正在教育局当业务干部，因为公务来到百里外的小镇中学。学校依山傍水，后有石壁前有池塘，校舍是古时的一座寺院。原来的墙壁上有书有画，据说大多是名人的手笔，可是岁月无情，现在只有院后的一块石碑存留着当年的墨迹。

　　我到这所学校的时候，接待我的是一位大胡子长眉毛的老校长，他也是这县里有名的书家，作品曾上过大展。听人说新中国成立前他曾在北京长安街上卖字，一天写了半刀纸，光研墨就用三个书童。见面后我问他可有此事，他说那是他自编自讲的笑话。那日酒后我们在他的书房落座，一边品茶一边谈书。他说他不喜欢宋代的苏、蔡，认为他们的字少刚多柔。他喜欢王羲之、赵孟頫，谈至兴起时竟铺纸揭砚，转瞬间写就一幅草书，是嵇康的《养生论》。我问他此字何来，他得意地一笑从抽屉里拽出一本宝籍法帖来。我看着爱不释手，竟大胆地提出要把它带走。因为我在局里他在学校，也因为我们谈得投机，老人家先是摇头，后来便满口应允。但有一个条件，半年后必须归还。

半年后我进一所成人大学，因为学习和文章压得太重，关于法帖的事便忘到脑后去了。那本《养生论》一直放在家里，妻不摸它，儿不碰它，待一日我想起它时已经蒙了尘土了。我曾意识到自己失信，便到局里找人捎去，可听同事们说老人家已经退休，于是也便作罢了。"把书借给别人的人是疯子，借书又还的人是傻子。"记不得这是谁的名言，今天对我却有启示了。

去年我又回到县里工作，有一天，一位叫大成的小伙子来找我，说是老人家的爱婿。听说老人家我自然要多一分热情，我问了他的近况，小伙说："他每天除书即墨，今天就是要我来取那本宝籍法帖的。"他说那帖子是老人爱物，"文革"时曾被红卫兵小将给抄去，后来是用一身毛料换回来的。我听了好不感动，可法帖已被朋友硬性借去，真是无地自容。我让他给老人家捎话，说过些时我一定要回来送还。

不想我那位朋友与我一样失信，竟让老人家亲自跑上门来。我原想他一定会和我发火，可他还是三年前那等幽默，他说他来看病，一进城却先想起了我。他说他无事就在家练字，一提笔的时候想起的也是我，因为想到我便想到了宝籍法帖。送走老人，我的心里很是空落。我是用我的无信伤了老人的心。在一般人看来，那法帖不过是几页发了霉的旧纸，可对于他却如同生命一样宝贵啊。

# 鸟　祭

　　为小鸟写一篇祭文，听起来实在有点儿矫情。但这一念头确在心中萦绕了好些时候，直到仰在床上写这篇文字，心情还是十分沉重。鸟在这世界上是一种极富灵性的生命，这不是生物学家的定论，而是我多年来的一种体验。我出生在黑龙江省龙江县的一个十分偏远的山沟里。在少年眼中，山与时变，鸟因山异。给我印象最深的是春天里从南方徙来的候鸟，品类之多，体貌之奇，实非山中雪鸟、铁鸟之类可比。这些远客来到北方似乎什么都觉新奇，或栖于树，或翔于天，影儿在哪儿，哪儿就一片鸣啭。记得那时，小孩子不识鸟之快乐，只觉得它们好玩，以粘网粘之，以扣网扣之，只知人之乐，不知鸟之悲。一次我用扣网扣住一只红头白颈蓝翅黑身的奇鸟，不舍耀于人前，便宝贝一样藏进口袋。心想，回到家里准可赚来一家人的欣喜。可是刚刚放之于室，那鸟便横冲乱撞，顷刻间气绝身亡。

那是一个中午，我哭得十分伤心，那以后，我对鸟有一种特殊的期许，希望它们能自己飞进屋来，把我当树，落到手上，而决不采取任何暴力去剥夺它们的自由。可这世间懂得我心思的鸟总是有限。我由人子升为人父，仍未见一只鸟儿来满足我的心愿。尽管如此，我对鸟儿富有灵性仍确信不疑。有一位搞生物研究的朋友，他花了近二十年的时间，专门研究鸟类的生活习性和语言。他说鸟虽没有思维，但鸟最善表现内心的情感，喜悦时声音为叫，愤怒或恐惧时为号。

离开山里二十几年，在都市里除公园很难见到鸟，那日逛街，偶于市上见一老妇卖鸟，心中顿生稚气。上前询问，讨价还价，一元一只，买了两只。为儿子讨一份天然，也是为己讨一份天然。鸟儿进家，儿子高兴，我亦欣喜，于是一起用纸盒为其营房造屋。待一切安顿妥贴，又命儿子去买回一些小米儿，用茶碗充作水具，用盒盖当作米碟。可遗憾的是鸟不领我父子情，亦不知我父子之乐，一夜竟自舍世而去，让人好不悲伤。送走死鸟，心情异常沉重。由鸟及人，竟想了许多。崇尚善良追求自由本为一切生灵之天性，人为剥夺岂有不愤之理？鸟儿刚烈，失去自由即以生命抗议。那么人呢？

# 妻　颂

　　丁耶先生六十岁上作妻颂，写老妻陪他风风雨雨四十年。我今天还不到他的一半年龄，却也生出这个念头来。为什么？自己也感到有些想不明白。我曾问过自己，平平常常的一个弱小女子，无别于田野里的一株草儿，山坡上的一棵树，既无桃花的颜色，又无嫩柳的腰肢，写她什么呢？但转念一想，不正是这株不起眼的草儿、不知名的树和我相依相伴，使我在这样的年龄还能安于寒窗苦读，为文作赋吗？至此，心里便酥酥然，好像有许多话该说。

　　妻在一家机关工作。机关是县里最大的机关，妻是机关中最小的职员。因为年轻又无根基，工作自然要多干，文秘、收发，身兼数职。她人要强，从不叫苦，默默地接了，默默地干了，每至年终，都有一个小红本本和一床不很漂亮的被面儿进家。我和儿子高兴地翻看，她并不欣慰，有时还要为这可怜的先进落泪呢。每至这时，我就劝她，你这不是很好吗，这是组织和同志们对你工作的肯定。为什么还要哭呢？她愤愤地说，你这书呆子，什么也不懂，先进嘛用？实惠的事都是人家有头有脑的。我只好哑然，说些自己也不太明白的话，之后便不再提它了。

我是乡下人，生来就笨手笨脚，又读了十几年的书，就愈发呆了。妻在外忙碌一天，回来还要照顾儿子和我。见她那瘦小的身影，心里难免有些不忍，于是便放下书本去帮她，她总不肯，嫌我碍事，我只好再回小屋去和古人会晤，或拉着儿子到河边去寻找童心了。常常是花儿草儿的采回一捆，插在瓶里，再洒些清水，儿子玩得尽兴，我也忘乎所以。这时，妻便也会放下活计，前来同赏，可谓"其乐融融"了。

我和妻结发六年，儿子已识得几百个汉字了。这是我们这几年来赚下的唯一财富。他聪颖顽皮，很得我的宠爱，更得妻的宠爱。妻爱儿子更爱我，间及爱我在世上的每一个亲人。她愈是这样，我愈感到惭愧，每每想起那方手帕便怅怅不安起来。那是婚前我送她的唯一礼物，那时，我刚出校门儿，留在一家师范学校教书，每月薪水只有三十五元。父母下世早，乡下还有一个弟弟，境况可想而知了。但因我有份工作，又写过几篇文章，提亲的倒也不少。慕名者接踵而来，却又鱼贯而去，只有她不怕寒酸，像燕儿一样做了窝。我很感激，便到街上选了方手帕送她，为定亲纪念，也是聘礼。结婚那天，送亲的亲友大为惊骇，因为我们的临时洞房里除有几纸箱书籍和一套同事们送的餐具，再无他物了，当时我觉得很对不起她，可她确乎很不在意。她说穷不扎根，苦尽甜来，她说她不图荣华富贵只图恩恩爱爱。我知道她这是在宽慰自己。不过宽慰为宽慰，当见了同龄人洞房的堂皇，心里总是很难过的。这些她从来不说，可知我心便知她心了。

她常说穷不扎根，可六年过去我们并没富起来。她工资也少，又要迎来送往。我虽能赚得几个稿费，却都买了书，六年过去并没有什么积蓄。前几天弟弟从乡下来，说要结婚。长兄如父，更何况父母不在，我理应全部负担他的经济负担，可我的境况不好，弟也知道，就说："给你三百元吧，我们的日子也不宽裕。"弟说："我不是来要钱，只是来和你们商量。"妻看出我们的难处，就说："拿五百元吧，我们平素紧紧，赚工资总还比乡下强嘛！"弟不肯收，她却执意，推让间把邻人都感动了。因为，我们刚刚有了房子，每人每月工资只有四十二元。妻天性聪敏，不单字写得漂亮，也懂得一点儿文章。去年我入大学进修，她竟在家学起函授来，天天早起晚睡，好像跟我摽着股劲儿。我为她高兴也为她可怜。

妻也曾发过性子，可不像人家那样大雷大雨。撅着嘴儿，干着活儿，簌簌地掉泪，让人莫名其妙。一问不答，二问扭头，待你不去问时才连珠炮似的道来，原均为芝麻小事，诸如半年不陪她和儿子去看电影，外出迟归让她空空守望，或者作起文章来一夜不能上床。每至于此，我便只好认错，连说："下次就改"。可心里却暗暗发笑，挺大个人儿，怎竟如孩子一般？

现在，我们是牛郎织女，思念中我才觉出先前的确是慢待了她。恩爱夫妻需要的不单是生活上的关怀，更需要精神上的安慰啊……

# 秋 声 新 赋

　　坐在秋日的窗下，看落叶飘成一枚枚叮当的金币，心中有一种说不清的怅惘。秋天到了，田野里的稻谷低下头颅，似在反思从春到夏的浮躁，果树则轻摇硕果，沉醉于丰收的喜悦。可自己呢？走过人生三十几个春秋，竟然一无所获，想来真有些对不起这新来的秋天呢。

　　按照命运的安排和祖上的遗禀，也许应该进入腰缠万贯的白领阶层，可来到世间偏偏喜欢胡思乱想，不通文墨，爱之若狂；不通官事，混迹于官场，鬼使神差地干上了本不属于自己的行当。梦中醉于酒，醒时酣于书；闲来信手涂鸦愉悦自己，忙时装腔作势贻笑大方。如是，亦当知趣，可那颗不安分的野心又常常狂跳。无能时逞能，烦恼时装笑，人前一副模样，人后又一副模样，苦耶？乐耶？喜耶？悲耶？连自己也回答不上。

家师有训：坦荡做人，淡然处事，诚挚交友，认真为文。可自己真的做到了吗？扪心自问，亦不知是否愧对了先人。坦荡的时候往往被人视为痴傻；淡然的时候有人说你装腔作势；满腔诚挚换不来心灵的碰撞；认真为文，文章常违自心。呜呼，世界之大，宇宙之广，人心之诡，世事之杂，微躯何以慰藉血色的良心？

窗外有风声如欧阳之悲凉，仿佛要掠走我不定的灵魂。幸有热血奔涌如泉，冥冥中传出一种昂扬的声音。生命本来属于赐予我们生命的世界，岂容轻薄的载体无谓地浪费青春？活着就不该辜负阳光雨露，勇于战胜自己也战胜困难的人才不愧为人。

在这天籁之声中，我的心一阵战栗，我已意识到自己是生命的罪人。鲁迅先生说，世界上本来没有路，走的人多了也便成了路。现在路在脚下，连坎坷都征服不了，岂不是太无能了吗？一位哲人还说，在这个世界上没人能打垮你，打垮自己的只有自身。那么如此作践生命岂不是一种大愚蠢？

至是，已没有理由再在痛苦中徘徊。推开房门，秋声有如响泉予我以清凉和甘醇，有一群孩子站在秋阳下微笑，我似又听到了自己童年的声音。啊，世界还是原来的世界，只是那个当年无忧无虑的孩子变成了一个忘记了快乐的成人。我多么希望他能在这秋天里找回自己，让生活在童稚的眼睛里多一分温馨。

# 又 是 春 天

当又一个春天如期而至的时候，您在哪儿？是山温水暖的江南，还是冰封雪冻的塞北？是走在下晚班的路上，还是正打开书本准备上课？也许您还沉浸在梦里，正构思着未来的生活。但不管您现在在哪儿，我都要告诉你，春天已经来了。

您不必对我考证，不管熟悉还是陌生，我都是您的朋友。此刻，我正站在北国温暖的雪地里，以我的真诚写下献给您的祝福。我相信您一定不会拒绝，让我们在这90年代的第一个春天同禧同贺。

春天，在所有的季节中是最富有魅力的了。诗人写她，画家画她，从古至今真说不清留给她多少感叹呢！前几天，朋友在电话中说："能写篇关于春天的散文吗？"我兴高采烈地应了。可坐到案头，不觉有些茫然，面对那些千古绝唱，面对眼前这肃穆和庄严，我能说些什么呢？说花红柳绿吗？说莺歌燕舞吗？不，那不是我的春天。我不能欺骗我的读者，更不能欺骗自己的良心。我的春天，虽然有生命的音符在枝头跃动，有不息的河水在冰下奔流，可雪地上依然残留着些许寂寞，天空中尚未遍响雨燕的呢喃，就连渐暖的太阳，也还似乎站得很远呢。

读到这里，您领悟到了什么呢？您不觉得这个春天与我们国家，我们民族的今天很相似吗？经历了漫长的冬季，克服了那么多的困难，政治的、经济的、物质的、精神的。过是过来了，可谁能在冰天雪地中一下子就拜出个活脱脱的春天呢？我先前真的这样无知过，直到后来成熟代替了幼稚，我才明白，原来真正的春天是走在雪地上的啊。他依然要迈动艰难的步履，为实现他的愿望而不停地跋涉。南风紧了，雪才消了；雨点急了，树才绿了。于是，便有嫩芽探出头来，便有小草摇起旗来，便有小花绽开笑脸，便有溪流弹响琴弦，春天才真的变得花枝招展热热闹闹了。

现在，对于我们的国家，我们的民族，南风确乎已经吹起来了，雨点儿也落下来了。雪，已渐渐消融，树，亦泛出绿色。我以为，就看我们这些种子，这些小草、小花，这些燕子、小鸟儿，怎么为把这个春天装点得更美出力了。献上您的汗水，它就会增加一分殷实；献上您的智慧，它就会增加一分力量；献上您的微笑，它就会增加一分温暖；献上您的歌声，它就会增加一分快乐……

亲爱的朋友，您说不是吗？

# 脊 梁 颂

山，是大地的脊梁。

人，是社会的脊梁。

那么，在中国是否可以说，共产党人是我们民族的脊梁呢？我想任何一个学过中国现代史的人，任何一个有良心的人，他们的回答都会是同一个字——是。不是吗，从天安门广场飘扬的国旗，到少先队员胸前的红领巾，哪一角没浸染过烈士的鲜血？从一岁一荣的嫩草，到四季常青的树木，哪一棵不是先驱们生命的延续？是千千万万的他们用不屈的意志打垮了列强拯救了河山；是他们用生命铺平了道路换来了今天。可遗憾的是已经有许多人忘记了这一页历史，他们躺在前人的福荫里，似乎从未想过国家的未来和民族的过去，他们想到的只是眼前，只是自己。吃着山珍海鲜，坐着豪华轿车，却抱怨国家贫穷；捧着大哥大，用着BB机却咒骂民族落后。他们不识杯中之物饱含着多少先烈们的血汗……对于这些人，我想也应该像对待下一代一样，有必要重新为他们补上中国近现代史，特别是现代史教育这一课。

前些时读到秦牧先生在纪念建党六十周年时写下的一篇同题作品，感慨甚深。其中有这样一段，现恭抄如下，愿与大家同品。他说——

像朱德、彭德怀、贺龙这样的老一辈无产阶级革命家，他们是在革命处在非常困难的日子中，敝屣高官厚禄，抛开安逸生涯，投身到无产阶级革命队伍中的。他们从此长期进行九死一生的斗争，终其一生，无论经历怎样的艰难险阻，受到怎样的打击折磨，都从不徘徊却顾，总是那样的一往无前。

投身到革命队伍的人们，有的一时受人构陷，横遭嫌疑，以致被组织开除，他们却在军情紧急之际，紧紧跟着队伍，不愿离去，苦苦要求参加战斗，接受考验。有不少人就终于在考验中重新回到队伍中来了。好些革命老根据地都曾经发生过这样的事情。这些跟着队伍苦苦恳求的人，希望获得的并不是富贵尊荣，不是舒适闲逸，而是一个艰苦战斗以至于慷慨献身的岗位罢了。

也许，有人会说，他们的确可以称为中华民族的脊梁，没有他们就没有中国的今天，没有今天的中国。可是历史在发展，时代在前进，今天的中国已不同于昨天的中国，昨天是打仗，今天是建设。他们已经完成了历史使命，难道还要让我们继续像他们那样去生活吗？我说是的。我们当然不需要他们的方式，但我们需要继承他们的精神。没有这种讲民族大义，为国家兴亡勇于奉献、甘于牺牲的精神，改革就无法深入，有中国特色的社会主义就无法建成，繁荣昌盛不就会成为一句空话吗？事实上，在今天的共产党人中，不但发扬光大了这种精神，同时也涌现出了大批脊梁式的人物。我们事业的设计者、总设计者不必说，在我们身边，在千千万万的建设者中，不是有无数先锋模范人物吗？蒋筑英、牛天举是，谭竹青、黄永洲是，李春发等八名农民党员群体和一心想着事业的于嫦华也是。他们工作在平凡岗位，故去的为党的事业献身，活着的为人民幸福奋斗。他们的事迹可歌可泣、脍炙人口，是党的骄傲，也是人民的骄傲啊！

在中国共产党艰苦奋斗的七十余年中，诚然经历了许多坎坷，出现了王明、张国焘、林彪、"四人帮"、刘青山、张子善那样的败类，但这丝毫无损于党的光辉。她还有许多忠诚的儿女在为它奋斗，为它拼搏。在这浩荡的队伍中，在这强壮的脊梁上，出现些许沉渣和蚀点又算得了什么呢？关键不在于历史与过去，而在于现在和明天。使命在肩，我相信每一位共产党人都应该知道怎样去做的，那么，这篇颂文就算作我送给脊梁们的节日礼赞吧！

# 身边的世界

有一首歌非常好听，其中有这样两句歌词很耐人寻味。歌中唱到："外面的世界很精彩。外面的世界很无奈。"其实，精彩是一种心境，无奈也是一种心境，这种感觉只有经历之后才说得出来。就像山中看景，没看的时候总想去看，可看了之后又总觉得没有想象的精彩。少年时不明白这个道理，总想着没见到的地方才算是世界，于是便漫无目的地疯跑。从十几岁涉足社会，跑了十几年仍然走在路上。现在回过头来看看自己留下的脚窝，一串串连起来虽然很长，但仔细瞧瞧却都很浅。不要说一阵风来可以埋没，就是一阵微雨过后，也同样会是一片空白。这也许不是我一个人的体悟，在众多的年轻人中我只不过是最最普通的一员，如果你和他们聊聊，大家一定都会有这样的感觉。

前些时读一篇美国人写的短文，说他在二十三岁以前，一直对闯荡世界充满渴望。他幻想在一群群陌生人中出类拔萃。当然，更期望得到赏识和提升。可等待他的却总是不如意。所以，便不得不一次又一次更换环境。后来在西德克萨斯的飞机上，他遇到了世界石油大王马里奥·艾格，一次意外的谈话改变了他的一生。这次西行他原本要寻找新的工作，可听了艾格的话后他改变了主意，又回到原来使他厌倦了的公司，并开始用另一种态度来对待工作，对待同事和上司。后来他果真成为这个岗位上的佼佼者，并很快得以提升。那么，在飞机上老艾格对他说了什么呢？老艾格说："外面的世界很大，机会也很多，固然值得去闯一闯。可是小伙子，你要知道，没有人会为你提供一切，在一个陌生的环境里，在一群陌生的人中间奋斗，存在的障碍比你想象的要大得多。你对新环境的向往实际上只是一种逃避，在新环境里同样会有让你感到很熟悉的令人讨厌的东西，那么你还要继续逃避吗？我们不能总在路上，小伙子，记住，重要的是闯你身边的世界。"

　　这的确是一段至理名言，读后不得不忖而思之。我们每个人都从年轻时走过来，每个人几乎都经历过这样的抉择。想想自己这半生也同样走了那位美国人的弯路。我从二十岁开始就在一所中等师范学校任教，且是十分拔尖的新秀。可后来看到别人在机关里工作活得十分潇洒，我觉得自己所待的院子太小了。几经努力，也被选进了机关，又当上了后备干部，又进大学再度进修。又入党，又进更重要的部门。

按传统，这样应该满足了，实则不然，就像鱼儿一样，见过大海就觉得河沟太小。县城不想待了，又来到省城，从小机关进大机关，十几年中换了四五个岗位，每两年重新开始一次。可以说一直走在路上，每一步都小心翼翼，每一天都紧紧张张。虽然也得到了许多，得到提拔、重用，可是付出的又是多少呢。试想，若十几年来不改初衷专攻一业，在学校里好好教书，即无大成，也一定能够有所成就，不说著作等身，桃李满天下，量也不至混到行无车、居无室、功不成、名不就的份儿上。搔首自叹，悔之晚矣。

其实，这世间的事本来也是如此。山有山的空灵，水有水的秀丽。能否驾驭，关键在你自己。只要你肯以挚诚之心去干某一件事，都会取得意想不到的成功。事在人为，人为万物之灵，有什么不可驾驭？人在环境之中，环境为人所造。如不如意，为什么不去努力改变它？所以，我们还是听艾格老人家的话吧，全身心地投入身边的世界。教书安心教书，属文安心属文。只要心中充满爱，身边的世界也会同样很精彩。

# 五月的话题

　　每年到这个季节，大都是树上的桃花或窗前的燕子来提醒我。五月，对于我们每个人来说都不陌生，或是在南风中刮来，或是从溪水中流来，或是从春雨中落下，或是在蓓蕾中绽开。总之，只要你曾经细心，就会感悟过它的生机和盎然。

　　写写五月，写点与劳动节有关的事情。我却不知该由哪儿写起。我苦苦地想，从祖先如何从树上走下来，又如何完成手脚分工，如何刀耕火种，如何三人操牛尾足之蹈之手之舞之创造人类最原始的舞蹈，如何哼唷哼唷创造人类这最早的语言，直想到今天的农用机械、工业改革、现代舞、现代诗，以及都市文明等等。想着想着，便有了一种感觉。

　　我是山的儿子，认识这个世界便由劳动开始。那时，父亲在山外的一座兵工厂里赶马车，这是20世纪50年代主要的运输工具。五口之家便交由母亲一人打理。祖父有病，祖母又羸弱娇小。母亲除侍奉全家的茶饭外，还要锄田耙垄，她老人家当年生我就在那片菜地里。那也是五月，一个阳光很足的正午，当一个婴孩儿的啼声惊动山坳的时候，母亲已晕在血泊中。后来的五月，便是由我陪伴母亲一起在那片菜畦中度过，那片水洼也许至今还映着母亲劳作的身影和我戏耍的童年。再后来后来的五月中，我认识了许许多多像我母亲一样的山里女人，她们将生命和爱化为衣食，去暖儿女的梦，去饱丈夫的心。最后自己也化为一撮泥土撒在她们曾经耕耘过的田亩中，去滋养后人的思念和五月的生机。她们并不知道五月里还有劳动者的节日，也不知道在这个五月的节日里还会有人想起她们。她们只知道把人生的一切都贡献给这个世界，贡献给这片生养了她们也生养了她们的儿女的泥土，贡献给爱着她们和她们爱着的一切亲人。

你也许会笑我扯得太远，但许多年以来我的心里确实存着这种感觉。离开母亲，离开那片山坳后，我进过工厂，待过学校，坐过机关，也和出书办报的人们打过许多年的交道。我接触过各种各样的劳动者，用双手改造自然的，用心血绘制蓝图的，用语言演绎社会的，用笔墨描画人生的。他们或是默默耕作，或是大胆开拓，但归结起来都有着相同的品格，那就是先为人后为己，先为国后为家。以劳动推动社会，用智慧拓展未来。记得有位做了几十年编辑工作的朋友曾经说过："我的人生目的就是做一颗铺路的石子儿，让更多的更有力的脚踏着我的肩臂走过，去为社会运送精神食粮。"你看，这是什么样的思想境界？这与我前面介绍过的母亲们，与我们平日里接触过的英雄、模范们的思想境界有什么区别？我想告诉给人们的不只是他说了这些，更重要的是要告诉大家，他仅仅是一个普普通通的劳动者！

这些都是经过苦思后忽然想到的，说与你，说与更多的朋友们。不知你们是否也认为这与五月、与我们全体劳动者共同的节日有关。我想，在这样的日子里说点什么并不重要，节日只是节日，季节总要更替，关键的是要记住我们都是劳动者，要记住是劳动进化了人类，是劳动发展了历史。我们有责任也有义务为这整个人类的历史再写更光辉的一页。五月东风正好，五月阳光正足，让我们挽起手来一同出发吧。

# 新 春 絮 语

　　春在雪上行。能在这特殊的季节特殊的氛围中以这种特殊的方式和朋友们说几句话，是我这一年中最大的快乐。一元复始，万象更新，三阳开泰，福满乾坤。这是他（她）希望着的，你希望着的，我希望着的。也是我们的前人以及我们的后人期望过或将期望着的。

　　希望是一团火，它总是在最寒冷的时候给人以温暖；

　　希望是一棵树，它总是在最迷茫的时候给人以昭示；

　　希望是一座桥，它总是在无路可行的时候给人以畅通……

　　不是吗？当你为青春的困惑而烦恼或为爱的失意而沮丧，那一刻你也许痛不欲生，你饮泣、你自戕。然而，当你冷静下来，闭上眼睛启动你思维中最活跃最快乐的因子，想想将来的日子，幻化出另一种境界中的你，幻化出下一季中将遇见的更为动人的事，你会重新振作起来，继续高昂着头去面对你曾经厌弃的生活。这是什么？这就是希望的力量。或者，你为自己失掉了某个机遇而苦闷和懊丧，就想，算了吧，一切都是命中注定的，强人不可与命争。于是你似乎看破了红尘，人生如梦，生死瞬间，何不快快乐乐地活上几天？得了，改变改变生活方式吧，上班泡在茶里，下班泡在酒里，无聊时再麻上八圈。可有一天你一觉醒来，突然感到不是滋味儿，这是干嘛？接着就要痛心疾首，马上又恢复成原来的你，并凭借你旧有的经验，幻化出种种未来的图像，以解脱眼前的烦恼。这还是希望的力量。

　　春在雪中行。我就是在又一个春天从雪地上走来的时候想起这个话题的。人类的这朵希望之花总是开在春天里的。小时候在山里，父亲和那些乡亲们种地，这一年歉收了，就巴望着下一年到来。年终不管钱怎么紧，也要买一挂鞭在年三十晚上放放，把穷神吓跑，明年财神就来了。待春暖土化，他们播下种子，播下一年的期待。就这样，他们不断地把希望留给下一个春天，而在嫁接一个又一个希望的过程中得到暂时的满足。现在自己长成了大人，也常常有这样的感受，一件事做不成，就宽慰自己，别急，等明年吧！把年作为标志，把下一个春天当作解决问题的依托，似乎只有这样心方能释然。由是，有时我就痴痴地想，如果没有这些希望，没有这一个又一个春天，人们真难说能不能有勇气活下来，而且活得快乐活得洒脱。

春天，是希望的再生地。

希望，是人生的兴奋剂。

我们要拥有快乐，首先必须拥有希望。

我们要拥有希望，首先必须拥有春天。

但是，我们必须首先记住，春天虽能去而复来，可时光却是一去不返。生命如同蜡烛，燃烧终有极限。你如果爱惜你的生命就从爱这个春天开始吧，去做好你认为你应该去做的每一件事情。不管你的能力大小，不管你的水平高低，只要你做了，你为你的春天付出了心血和汗水，你就无愧于你的人生，你就会在你的人生中得到快乐。

# 幽默诗人和他的幽默故事

在写诗的朋友中，他是我认识最早的一位。从那个夏天开始，算起来我们已经交往了十几个年头了。那时我在县城一家师范学校读书，有一天听朋友说，他到我们这个县里来深入生活，于是便逃了课，到招待所去拜谒。那个午后阳光很淡，窄小的房间里很黑。开门是一张小桌，桌上胡乱地放着纸张和杂志。一个干瘦且矮小的老头睡眼蒙眬，见我，不经意地伸出一只手，另一只手则在紧裤带儿。这就是我平生见过的第一位诗人。那一次谈话颇为投机，他说他就在我老家那地方下放，说他住的屯子叫于家街。他说他有时候到镇上买粮，路过我们村后的草甸子，看到过放猪的孩子，那孩子可能就是我。那一次交谈好像专为叙旧，没提过与诗与文有关的话。只是在分别的时候说了一句："你小子挺聪明，书一定好好念。"

后来我们便成了朋友。一对年龄相差一半儿的忘年朋友。

在我毕业后留县里工作的几年中，我们每年都有几次小聚。小聚的时候，不单饮酒，更多的是饮情。他这条地道的关东汉子一向珍重情感。他年少的时候，日本侵略者的铁蹄正蹂躏着这片土地。为了寻找光明，他流亡到四川求学，后来奔赴延安参加了革命。到1949年，去北京参加中华人民共和国开国大典的时候，他已经是全国著名的诗人了。当时文艺界的负责同志诗人艾青问他："解放了，你想留在哪儿？"他不假思索地回答："回家。"就这样，他告别了北京回到了生养他的这片黑土地上。先是分配到一所大学里教书，后来就被调到省作家协会当专业作家。可他这个作家却很少能坐到家里，一年里有一半时间在车上，一半时间在乡下。他管这不叫深入生活，他说他这个人生来就是走星兆命。多么有趣儿。其实，他这个人不仅说话幽默，他本身也十分幽默。譬如说，他说他跟扒手一向很有缘分。几十年中，他交了大约有十几个认识与不认识的扒手"朋友"。他说他很对不起他们，因为他的钱包常是空的。他讲这些故事的时候，总爱转动那双睁也睁不大的眼睛。他说有一次他在一个小站买票，一摸，钱不见了。"这次我可恼了，有再三再四，哪有再六再七的理儿，真不讲义气！"于是挤出了人群开始侦破。凭他积累了几十年的经验，他终于找到了目标。就在那只罪恶的手伸向一个农民口袋的时候，他一把抓住了他。他把扒手拉到一边，摊开另一只手，那扒手便乖乖地招了。他说他并不想索回那几个零钱，他说他只想要回那只常常吃不饱饭的钱包。可扒手说，钱包已丢进厕所里去了。他气坏了，但他并没有立即把他扭送到派出所去，因为他眼前站着的是一个可怜的孩子。他要挽救他。他说他感到有一种不可推卸的责任。我问他："后来呢？""后来我们就成了朋友。"我们大家都笑起来。

还有一次，他讲起了他去参加"绿风诗会"的事儿。那是一个秋天，在乌鲁木齐，他下了飞机就跑小货摊上去打听住宿地方哪儿热闹，有位老阿妈告诉他说群众饭店。他问明了路线，乐颠颠地去了。一问，没有单间，要住只能住百人宿舍。他说百人就百人，管他呢，住下再说。谁知一拉门傻眼了，这里真的住着百十号人。

他平日在家里睡觉最怕听人打呼噜。这下可好，刚刚躺下便雷声四起。他眉飞色舞地向我叙述。讲到关键时停下来喝了口水，然后夹了夹眼睛说："那一夜我一眼没合，到半夜的时候我发现了一个秘密。""什么秘密？"我急不可待地问。"听呼噜能断定人的口音啊！"他说，"山东人打呼闷，广东人打呼噪，东北人打呼像虎啸，河南人打呼时似昆角……"在场的人都被他逗得笑起来。

在我还没有走进诗人圈子的时候，就曾听人说过，他这个人出门最爱蹲小店儿。有一次竟被查夜的民警抓到派出所去。进门之后就给他一脚，让他打开箱子把假药交出来。他慢条斯理地打开了箱锁，里面只有他的证件和书稿。警察十分尴尬，他却哈哈大笑起来，说："你们是为了工作，我呢也希望了解这样的生活。怪只怪我不像个作家，倒像个卖假药的。但是，这很好，不打不成交嘛！"他伸出了一只手，于是在他的生活中又多了个爱动手的警察朋友。

这只是他生活轶闻中的点滴。如果你有兴趣，类似的故事收集起来，可以写成一本很厚的书。比如在他下放劳动的时候，一位管事儿的农民问他："你在城里是干什么的？"他说："我是作协的。"农民想了想，说："做鞋的好哇，咱们这儿虽然没有鞋厂，但是你可以在家里给大伙修鞋。要不然你又瘦又小，下田也干不了什么。"他哭笑不得，可什么也没解释，点了点头儿，就回家去找锤子。后来又到铁匠炉打了把钉拐子，到镇上鞋铺买了钉子、皮子和棒线。于是村中的老榆树下就有了这么一个不会拿锤子的鞋匠。孩子们看新鲜，都来围着他转。他干得累了就放下手里的活儿，给孩子们讲《西游记》，讲到兴奋时便耍起钉拐儿，说他就是齐天大圣。直到有一天，县里来了一辆小车，把他们全家拉走，乡亲们才知道这干瘦的老头儿不是做鞋的，是写书的。

再比如，到县城以后，因为某种政治因素，他曾被送到化肥厂去接受劳动改造。他想，劳动可以，但应该允许我写东西呀。于是他就请了假，带上他20世纪四五十年代出版的十几部诗集，到文化局长那去求情。

局长问："你抱的那是什么？"

他说："是我写的书。"

局长说："我知道是书，我问你是什么书？"

他说："诗集。"

局长转了转眼睛，气呼呼地说："我知道了，那都是过时的玩意儿，烧了算了。"他听了，气得差点晕过去。可镇静下来，他又苦笑着说："烧了？烧就烧吧，您有火吗？"问得那位局长大人面红耳赤哑口无言。

再后来，他回了省城。继尔，我也进了省城。在频繁的接触中，总觉得他的幽默中隐含着点什么。但是是什么呢？我一直也没太想清楚。那天，我将我新出版的一部书送他去请教，他非留我吃饭不可。他说他要让我尝尝他的拿手好菜——红烧闷子。结果，上桌的却是水煮肉皮。我们相对大笑，在他的笑声中，我似乎感觉出了他那幽默中隐含的东西，那就是对人生的自信，和对灾患的蔑视。他是一个命运多舛的人，少小流亡，中年下放，晚年境况稍好，可家中有病妻痴子。但是令人惊讶的是，现已年近古稀的他，无论在什么情形下都一直幽默不减，笔耕不辍。他的著作连连推出，并连续获奖。这是靠什么力量？我不说破，我想朋友们也该有所体悟。他除了写诗、写散文之外，也曾为小朋友们写过一部书——《流浪少年》。这是一部自传体小说，小说中写的就是他的故事。他告诉我说，这部是他少年系列的第一部。我们期待着他的第二部、第三部……

这个人就是丁耶，在中国是和邹燕祥、牛汉齐名的著名诗人。

# 松青先生

　　松青先生，原名傅作凡。松青是他的表字还是笔名，我说不清楚。见到这个名字是在他还我的一本书上，那大抵是十二三年前，我们坐在一个教研室里。有一天朋友送我一套旧版翻印的《古文观止》，先生很是喜欢，借去翻阅。之后不久，我因公调出，先生便匆匆赶来还我那书，封套上便有了"松青借阅"的字样。或许这松青二字与平日了解的先生十分合适，故分别十几年先生的名字往往被忽略了，而记忆中常常出现的却是"松青"。

　　我了解的先生没有什么可以炫耀的历史。他出生在一个没有文化的地主家庭，刚刚记事儿关东军就占领了东北，成了地地道道的亡国奴。值得庆幸的是有位开明的父亲，读完私塾之后花钱把他送进县城的国立高中。受了几年奴化教育，吃了日本人不少鞭子和手板。但这并没有使他驯服，同辈人中有不少做了日本人的犬马，而他却在不肯"开化"不识时务之列。"八一五"日本投降，日本人在县衙挂出白旗，他和老百姓满大街放了三天爆竹，之后就留在县城里当了教书先生。

与先生相识，是我上师范之后，当时中文科设有六门主课，其中一门为古文（文学与汉语合一），松青即是我的古文先生。起初这个干瘦的小老头儿并没有给我留太深的印象，只觉得他这个人不苟言笑，像先秦文章一样古板，但写得一手漂亮好字。真正开始喜欢先生，则是缘于一次突然袭击的测验。那一天，他走进教室就让大家收起讲义默写前一天刚刚讲过的《阿房宫赋》。十几分钟过去，同学们都满意地交上卷子，唯我只写了"六王毕，四海一，蜀山兀，阿房出"十二个字。交卷时没敢抬头，心想，这一次肯定要丢尽了面子。果不其然，第二节课后先生就把我叫到办公室。先生脸上并无愠色，他平静地让我坐下，聊了一些与考试无关的事情。最后他告诉我，卷子答得虽然不好，但他发现我人很诚实，因为课上所有人都翻书抄录，唯我没动这份心思。他说学习就该如此，不然便是对自己不负责任。这使我十分感动，同时更叹服他的宽厚和正直。待后来我毕业留校，我们既为师生又为同事，遂成忘年挚友。

当时先生已早过知天命之年，但还住在单身宿舍里。他家住在乡下，一切由师母一人操持。先生每周六晚上回家，周一起早返回。往返无车又不会骑车，几十年如一日以步代车从不误事。我们住在一起后我曾问他，何以练得这般脚力？他说他在教师进修学校供职十几年，方圆二百里的县境没有他没踏过的地方。那时，他的家里只有他和他的二儿子是城镇户口，其余三子一女和师母户口均在农村，有人曾劝他找找熟人，花点礼钱来到城里，他连连摇头：穷教书的本来就什么都没有，难道连这一点仅有的人格也不要了吗？于是，再不敢问。

后来，我调到县里工作，又重上大学，继而又调入省城工作，和先生来往日少。但在心中却从未忘记过先生。1990年我出第一部散文集，第一个想送的人就是先生。先生看到后很是感动。读后写了一封很长的信，除了祝贺和鼓励之外，更多的是教诲。后来我走上了领导岗位，先生还是常常教诲，告诉我不能多吃多占，要为百姓当个好官，要谦虚谨慎，不能忘本。每每想来，十分感动。

先生现已退休在家，师母也由乡下搬进了县城。先生说这多亏了党的知识分子政策，不然恐怕就只好告老还乡啦。我真心祝愿他晚年幸福，祝福这位正直坦率的老教书先生如他的名字一样，生命之树永远长青。

# 我 的 绿 岛

真应该感谢那把火呢。从书摊上转回来，我便这么想。

买书，是我人生之一大乐事，有如吃佳肴饮美酒。如得一册心爱之著，每每不能自持，得意乎，忘形乎，不可言状矣。朋友叫我书虫，妻嗔我书奴，我则自戏为书痴。痴者，傻也。五柳先生好读书而不求甚解，我则好买而不能尽读。岂非如是乎？白食十几年，书买几千册，可以说，书店不分大小，有门儿便为我开。可忽一日，那些门儿再染不到我的手，何也？非囊中物少，而是迷上了路旁的书摊。

这是在进城以后。

我曾将那些方寸之地称为绿岛，比作芳洲。因为在那里有草则异，有花则奇。海外新潮名著，世界哲学精华，这在当时书店里是无论如何也不能满足的。但后来大抵是因时序的缘故，绿岛无了颜色，颜色都被摊位上赤裸的女人们占去;芳洲也少了馨香，铜臭污染了城市的空气。为了钱，摊主们再无往昔的真诚和热情，女贩们笑则媚笑，男贩们语则淫语。书客越来越多，层次越来越低。买的高兴，卖的得意，钱使之然，欲使之然也。我丢了绿岛，也失了芳洲，于是便再也懒得去逛那书摊了。

又回书摊，是在书店里见了席慕蓉《写给幸福》《成长的痕迹》之后。那书捧在一个女孩儿手里，见之便在架上遍寻，不果。即问架前人，摇头。遂追女孩儿。

——哪里买的?

——书摊儿。

——书摊儿?

——是啊，就在外面。

果然就在外面，是一个小伙子摆的。摊儿不大，却很兴隆。一群去，一群来，我等了好些时才挤到前面。这里与扫黄前已是两个世界，那些色狂赌棍杀手荡妇们不见了，取而代之是名人奇人伟人。其中便有了戴望舒、徐志摩、席慕蓉、三毛、琼瑶。摊主见我对这班文人推而崇之便极尽全力帮我挑选，差不多将岛省的才女们都卖给我了。

灯下，看着这些从摊上买来的爱物，我又痴想：这小小书摊不就是一片片土地吗?撒了草籽生出来便是草，撒了花籽儿长起来便是花。如果不闻不问任其滋蔓良莠丛生，又怎可保证不结苦果呢!所以，我说真应该感谢扫黄那把火，是它为我的绿岛烧了一次荒呢。

# 产房故事

珍珍躺在产房里的时候，娘还兴高采烈，讲她当年是怎样把珍珍生到山坡上的哩。珍珍娘是山东高密人，那年挨饿就和族亲闯了关东。关东水土壮，关东好活人，到了关东这妞儿就不想再走，便在山窝里熟了亲。男人是个没爹没娘的光棍儿，得了这水灵灵的姑娘就像年午夜冲上了财喜神，乐得合不拢嘴，惊得睡不着觉。一双踏破山的脚板儿竟走不出小小的院儿，夜里亲不够，大白天还要闩着门。珍珍娘就火了，骂他不是关东汉，骂自己这辈子瞎了眼睛。之后就背了斧子去上山，一背一捆地往家扛干柴。精精爽爽地在大街上过，惹得那些男人回家骂老婆。转年怀了娃儿还是风风火火地干，男人不准，她就偷着往外溜。杏儿黄的时候她到田里去抢麦子，在垄沟里生了个娃儿，这就是珍珍。

珍珍如今也怀了娃儿，可过了月儿还没生下，婆婆急了就送到产院来。珍珍娘在村里等了三天三宿没有信儿，就叫老头子送来了。一进门见珍珍还没事地躺着就乐了，说珍珍肚里揣了宝，这崽子生下来定是贵人。亲家听了自然是不住地笑，左一个鸡蛋右一块糕点逼着珍珍吃。说吃饱了才能有挺劲，生孩子比干什么活都累得慌。

这一天早晨珍珍说肚子痛，找来大夫看看，说还早着哩。又疼，又找，说中午有希望。婆婆就出了屋去守着产房门。她听人说生孩子像河里过鱼群，一拨是什么全一样。从老爷儿上窗等到吃晌饭，一连七八个都是丫头。她心里窝火，可不敢跟媳妇和亲家母说，就找着茬骂儿子。珍珍娘不知是犯了哪副药，想问个明白，珍珍却又喊肚子疼。

珍珍被送进产房，婆婆也想跟进去，那小护士就黑了脸，话说得可真难听。珍珍娘怕亲家压不住火就一把把她拽出来。两个人把耳朵贴到门上，大气都不敢出一声。珍珍"妈呀——"一次，婆婆咧咧嘴，"唉哟"一声，娘就咬咬牙。珍珍的男人在门前蹇来蹇去，像那门里摄去了他的魂儿。屋里的叫声越来越大，三个人头上都冒了汗，珍珍娘咬着嘴唇闭上眼睛。门开了，房里传出绝望的叫，大夫出来叫去了珍珍的小男人，说肚子里的孩子是横位，不剖腹怕大人孩子都保不住命。小男人傻了，珍珍娘说剖剖剖，婆婆竟放声大号，像一头被杀的猪。

不多时屋里安静了，三个人都疑惑地瞪起眼。听到"哇"的一声，一块石头算落了地。小护士出来说是男孩，婆婆竟一下子昏了过去，珍珍娘将她扶住，流泪的脸上堆满了笑。过了好一阵子她才睁开眼睛叫儿子，让那小男人去买糖。说要进三个店门买三样，要让产院里所有的人都尝尝。说完就拉着珍珍妈又摇又晃，接过护士手中的孩子都忘了看珍珍。

# 山 榆 礼 赞

　　在我们北方的树种里，榆树怕是再普遍不过的了，山区里有，平原上有，田野里有，村庄里还有。春来一片绿夏来一片荫，到了秋天呢，撒落满身黄叶，给大地增几分暖色，给人们添几分温馨。待明春再来，又将枯叶化为泥土，为新的生命增添一份养分，这是多么高尚的品格啊！

　　但是，在这篇文章里我想写的不是榆树，而是和榆树有着同样品质，且和老山榆以及更多树木打了一辈子交道的林业工程师。我认识他的时候他还在山里，是为了女儿的婚事才回到县里的家。那一次他在家只住了两日就匆匆地赶回了林场，因为时至四月，林场正等他回去育苗呢。时光如梭，转眼四十年，屈指数来，这位老人早已年逾花甲了。用他的话说，已与树木为邻四十余个年头了。他早年毕业于辽宁省张武林校，1951年来到吉林梨树。那时他还是个二十几岁的小伙子，为了事业和追求毅然抛妻舍子，只身投入了三北防护林建设。在这四十年中，他搞过人工森林踏查，搞过沙田林网设计，搞过平原树病防治，也搞过树种杂交试验。但是，这些都没能使他出人头地，他始终活得像老山榆树一样平凡。在中国最大的政治风暴席卷之后，当十年动乱已成为历史，科学以及所有投身于科学的人们得以施展威力的时候，他老了，已经到了叶子飘落的季节。他从林场回到了县城，回到了妻子儿女身边。按孩子们想法，他劳碌一生，这回应该待在家里安度晚年了。

　　他回到县里被安排在林业技术推广总站。那些日子他似乎心事重重沉默寡言，上班看看报纸翻翻资料。下了班就泡在园子里莳弄他亲手栽培的葡萄。那一年秋天，他的葡萄获得大丰收。中秋节，儿孙们享受着他的辛勤成果，月光下他笑得十分开心。后来天气渐渐地凉了，葡萄树被他深深地埋了，他下了班也不再那么按点回家了。他的家离单位很近，每天都是老伴做好了饭让孩子去找他，他回来吃了饭又披衣离去，直至深夜才归。归来也不肯睡，还要青灯黄卷守上个把小时。孩子们不解，这老头儿为什么又把扔了几十年的书翻出来呢？后来当一篇篇署着他名字的文章在《中国林业》《黑龙江林业》《吉林林业》等诸多报刊上出现的时候才明白，他这是在以另一种方法接续他绿色的梦啊。

　　如今他已写下各类有关林业技术文字上百篇。他说，只要他活着就永远写下去，直到把人生之树的最后一片叶子献给养育他的这片黑土。这是什么精神？我说这就是老榆树精神，他这一生也许将永远默默无闻，但他却是无时无刻不在奉献着自己。就是这种精神激励他成为我笔下这个形象，就是这种精神使他成为一棵真正的山榆。

# 长　者

人生邂逅美在不期而遇。如果你着意去等某某，也许一生只会守一种缺憾。这不是我故弄玄虚，生活就是这样。认识这位长者，便于这种不期中。记得是到省城工作不久，我被抽调到一个临时部门。报到那天，正赶上开头头会议，胖胖瘦瘦的身躯在沙发间仄仄平平，大大小小的脸孔或绷或弛。间而啖茶，间而品烟、云缠雾绕，丝丝有声。这其中独一长者令人刮目，众相中唯他正襟危坐，目似有思。进茶弹烟亦与人有别，轻轻慢慢，颇有儒者之风。但很遗憾，我只在添茶时与之打一个正照面，之后便各奔东西了。后来再遇到他，则多于道上，只我识他，他已早不识我了。我私下问过同事，得知他与我们同楼，亦是靠爬格子吃饭的人。不过目前已早登官阶，系楼中最高机构的秘书长了。

己巳秋末，一度解体的临时机构又一次恢复。这一次，这位长者竟当了我们的临时上司。因时事紧迫，与之相聚日多。最长的时候是赶写一篇领导讲话，共在宾馆里蹲了三天。三日中同饮同卧，感触颇多。长者好思，每出言必斟字酌句；长者好洁，每出屋整衣振袖；长者喜书，于馆中时，曾有其书友差人送《佛教与东方艺术》等新书数册。嗣后我们还相约去书店搜罗降价图书，遗憾因事未能成行；长者爱才，居官后曾多有荐举。我的一位朋友，为这个曾万分感激。他原在外埠一家机关谋事，与长者素不相识。后为改变环境，他以文自荐，长者唯才是举，遂使其成为得水之鱼。

长者年已垂暮，到辛未大抵就入花甲了。但他对一世为他人弄墨无怨无悔，这实在让我这晚辈不敢恭维。我曾劝他，有这等功力何不写些传世的文字？他十分认真地说："写一定要写，但得等到退休。退休后我只有两件事可做，一是看书，一是写书。我一定要把这一生留下，出不出版都行，只要后人能有个了解。"真是十足的儒气，其中又不乏老聃的与世无争。

那次合作后，一直未能见他。听他身边的人说，长者近日极忙，不是开会，就是陪领导跑企业，再不就关到宾馆里写官用文章。前些时，临时机构又一次开会，他匆匆地来了又匆匆地走了，说那边还有一个会等他。快六十的人了，整天这样跑来跑去，真是不敢想象。送他下楼的时候，我心里一阵酸楚，再过三十年，那个清瘦的背影不就是我吗？

# 黄昏雪花暖还寒

又是黄昏。又是雪。

当那大朵大朵的花瓣拥挤到你的窗前，当老妻为你布上两道薄菜，当孩子为你端上一壶热酒，你不会想到你那位来自边远小城的朋友正守在小屋里空守灯影儿的寂寞，正在回忆那个初访你的落雪的黄昏。同寝室的朋友都已走了，这些小你十几岁，小我几岁的单身汉们都有自己的事儿要做，或是去拥抱夜色的温柔，或是去亲吻小街的甜蜜，总之在这间你帮我找定的小屋里只剩下我一个人了。

你知道，我能进得城来，并且能到工商管理的行当里混日子，这也许完全是一种误会。我是摆弄了十几年文字，但却始终没进文化圈儿，并且永远也不想进文化圈儿的文化人，我的信条是字认多少友交多少，可这些年来在工商管理界却只认得你一个，本来进城后的第一件事就应是去看你，可惜我对这城市陌生，同时又有许多事情要做。比如落户口，办餐证，虽然事事都有同事帮忙，可我刚进城来，又是事事都不敢怠慢的。那个风雪的黄昏我接了妻的电话，忽然想到应该去看一看你。风雪中摸不清路径，只好按你早指示给我的方向去访小区。小区在这座城里并不难找，我想这与它的主人们应是不无关系的。那个唐朝人刘禹锡不是说，山不在高有仙则灵吗，今朝我则要说楼不在大有官则名了。你也许又要笑我胡扯，我说的是真话，自从那天访你便产生了这种想法。你的四楼很好上，可你的门却很难开。我在你的门外站了许久，不是因为胆怯，而是因为我忽然意识到我与这座楼的距离。你在工商管理界的地位算不得显赫，可你毕竟是小区中的一员啊。当你妻子用陌生的目光和声音询问我的时候，我的心里很冷，当她的眼睛落到我手中小兜上的时候，我不禁打了一个寒噤。朋友啊，你应该知道那一刻她把我当成什么人！一个违章的商贩？或是一个有求于人的行贿者？好在你在里间识得我的声音，不然我想我一定会被拒之门外。有趣的是，当我们亲热交谈的时候，你的"守门人"却仍不放心地守在左右，当她确认我只是来扯扯的初访朋友而不是登门上货的贩子，这才悄悄地离去。在历史上，我这个做文章的人是不曾受过这种冷遇的，在当时我的确很有想法。不过，这我绝对不能与你明讲，因为我们只是相识不久的朋友啊。今天想起这些是因为雪，也是因为听到别人对你和你的"守门人"的议论。我理解你们的苦衷，更赞赏你们的清廉。不是因为我是穷酸的文人才说这样的话，我历来都与你的观点一样，脏钱咬人，冷酒伤人，我们活着就应该清清白白，不然，我们还有什么脸面见江东父老？更何况你我的肩上还扛两枚肩章，头上顶一枚国徽？

不过，话得说回来，朋友间的感情交流还应例外，不然人岂不成了草木？你应该告诉你的"守门人"，假如下次我再去的时候带了两瓶好酒，让她在开门时带几分笑容。

# 1988年的冬天

1988年的冬天，雪好像比往年都大，天总是阴冷阴冷，太阳好多天都不露一面。那一年我刚刚调到长春工作，儿子留在梨树老家和姥姥一起生活，妻子在北京一所大学进修，三口之家三地生活，每个人都十分孤单。那一年儿子只有六岁，是小学一年级的学生，每到周六他都要到路口等我，不管天气多冷都要坚持。姥姥心疼，陪他一起在路边站着，凛冽的北风让娘儿俩瑟瑟发抖。当我第三次见到这一情景的时候，再也控制不住眼泪，伏下身去拥儿子入怀。那一刻，天空忽然明亮，冰雪亦变得温暖。

但是，那一年确是我人生中最艰难的一年，虽然人进省城，心却仍在儿子身边，他那么小，那么脆弱，却要独自承受远离父母的痛苦，这让我时常内疚，时常批判自己的自私，为了个人前程为了人世虚荣，把痛苦转嫁给一个乳臭孩童。那一年还是个特殊的年份，就是母亲离开我们二十周年。

1968年的冬天，也是和1988年一样阴郁，连天大雪，让我龙江的老家连道路都无法辨认。腊月初九，母亲一睡不醒，抛下我们再不回头。那一年我只有九岁，当我打着灵头幡在大雪中送母亲远行的时候，回望身后长长的队伍，泪流满面，母亲再也无法回来，我意识到我将成为孤儿。我的感觉是对的，父亲那时已经得了癌症，六年后就撒手人寰。我和姐姐弟弟相依为命，从龙江到梨树，携手走过艰辛的日日夜夜。在家乡父老的帮助下，姐姐结婚，弟弟长大，我读书并离开农村那片土地，到县城当老师，当干部，当诗人，继而走进省城为实现人生的目标继续奋斗。但我的内心并不快乐，工作时有不顺，家庭也常遇烦恼。就是在那些日子里，母亲常常入梦，她什么也不说，什么也不问，就是像我小的时候一样，坐在煤油灯下，默默地做着针线，偶尔抬一下眼睛，看看在身边玩耍的我。这时我就开始撒娇，开始出声呼唤妈妈。妈妈依然沉默，依然做她的针线，我便委屈，忽然醒来，泪流满面。

1988年的腊月初九，我从长春回到梨树，一个人躺在小河南岸的土屋里，望着窗外的飞雪，忽然又想起母亲，想起那个飘雪的早晨。母亲太苦了，一生没有过一天幸福日子，侍奉公婆，侍奉丈夫，养育儿女。最终积劳成疾，只活了42岁，就去地下长眠。在她生活的年代，正是中国最困难的年代，吃不饱，穿不好，就是她去世的时候连一口棺材都买不起，一口祖传的老柜成了阴间的新房。想到她的不幸，想到自己的不孝，再一次流泪。那一夜，第一次想到要为母亲写点什么，于是披衣爬起，写下了《母亲》这首诗。第二天便把它寄给阿红先生，不久便在《当代诗歌》上发表。那首诗是我诗歌创作的重要转折，此前我写了许多作品，发表了许多作品，但那些只是作品，而这首不仅仅是作品，更是我情感的真实写照。从那天起，我决定不再追求时髦，追求发表，我觉得诗人作家最重要的是要真实，尊重人性，尊重情感。所以，1988年后我不再写那些无病呻吟的玩意儿，而专心写自己的童心。

　　《母亲》那首诗发表后，我便把家搬到了长春，先是在市体委招待所住办公室，后来调到市委工作，组织上在全安小区给我借了一间地处一楼12平方米的小屋。做饭、吃饭、睡觉、学习都在这个狭小的空间里，我把它叫作"五味斋"，人间酸甜苦辣这里全有。因为屋小，搬家的时候把装书的纸箱放到了走廊里，不想竟被人偷去卖了破烂，发表《母亲》的那本《当代诗歌》样书便再也找不到了，1997年编《钱万成诗选》的时候这首诗无法选入，这是终生遗憾。前些日子洪波先生让我整理旧作编"火山岩"文集，无意间又发现了这首诗的文稿，让我忽然得到了无限的慰藉。母亲在上，儿子永远爱你。

附：

# 母　亲

不到痛苦的时刻从来想不起你

想不起那口祖传的老柜载你徐徐远去

想不起你临行前捧着我的脸合上双眼

想不起你最后一滴眼泪落在我的掌心


那一日是腊月初九老北风苦苦地留你

那一日雪花纷纷天空到处都呼唤着你

那一日乡亲们都来了都哭了都说再也见不到你

那一日我打着灵幡高高兴兴地去山里送你


那时我是一匹小马驹

你躺在炕上让我端水让我拿药让我不离开你

我烦了腻了悄悄溜到一个谁也找不到的地方

你支撑起身子眼睛是那扇擦不亮的窗

烫烫的眼泪落到干瘪的手上我的脸上像三月的小雨


你说你要走了要到很远的地方

很远的地方很美可谁都不愿去

你说让我长大成人说个漂亮的媳妇

你说你只盼逢年过节能有人想起你


我认为那是故事那很好听总刨根问底

你总是摇头总是叹气把结尾泡在泪里


可你真的走了十九个冬天杳无消息

十九年只有泪光中能闪现出你瘦小的身躯

你很慈爱很善良很美很像你常讲的小龙女

你很怯懦很可怜吃过公公的责骂丈夫的拳脚至死也没穿
上莲花鞋和长寿衣


你为了我们偷食野菜昏倒了是大山救了你

你卖了头发换回火柴拾回炊烟却换不回爱

就这样你倒下了树倒下了院中的风景再不美丽


现在伏在案上我又想起你

我很惭愧我是个不孝的儿子

我为你送终却没为你流泪

年节中也不曾为你送过纸钱

我可怜的妈妈儿子对不起你

现在我正在一座城市里流浪

不知你故乡的坟头何等荒芜

我多想再次扑到你的怀里或是跪在你的脚下大哭

但愿此时你的身边到处都开满鲜花

那将是你赐给儿子的慰藉和幸福

# 小 城 历 史

## 寻 古 话 俗

梨树县古为奉化县，始设治于清光绪四年（1878）。治前久属蒙疆，为科尔沁达尔罕王的分藩之地。嘉庆初蒙王奉旨招垦，始有内民迁入，蒙汉杂居。道光建元时，隶属奉天省昌图厅，并在梨树城设了分防照磨。由是可鉴，史前梨树乃蛮荒之地，地广人稀，直到清末才初具规模。

据史所载，县初奉邑人杂。但大多来自边里各州，而最多的是山东，所以此地风俗不甚纯一。不过婚丧嫁娶，祭祀庆元，与边内大体相仿。只是因久为边地，且多流民，故邑中无业游惰者甚多。这些人大多以赌博淫荡为事，穷极无聊则勾结外方匪人相与为盗。为是，为政者和时人伤透了脑筋。此乃陋俗也。但是此方尚有一俗值得称道，即"士勤诵读"。《奉化县志》卷二有条言："士勤诵读，尚质朴，彬彬习礼，慕庠序风。其有志之士并能讲求道理，矢志端人为齐民表率。闲有奔兢逐末或干预官事健讼为能者，人咸訾之，绰有古之直道焉。初非富室不读书，近则能自给之家争习儒业，故穷乡僻壤时有弦诵声，于鄙陋中渐著文之象矣。"

"士者"在当时未必很多，但由上文可知，"士风"在这方土上是很盛的。"健讼为能者人咸訾之"虽然不应在倡导之列，但"近则能自给之家争习儒业"倒是很正经的事儿。后来梨树出现钱来苏那样的诗人，以及当今名满文坛的赵月正这样的二人转作家、孟凡绵那样的书法家、于濯江邓万鹏赵春江那样的文坛新秀和近年来年年大批大批地跨入高校校门的大学生们，不能说与这种源于古远的世风无关。笔者曾闻，实行生产责任制后，农村有大批学生辍学，能读到此文的父母们当醒。别忘了这片土地上治初就有尚学的古风。

## 治初文章四大家

古之梨树虽属荒蛮，但建治后却有大批文人墨客集于斯土，《奉化县志》艺文卷上有名者便有十五家之多。其中以知县钱开震、训导赵万泰、濡阳陈文卓、武林钱宗昌四家为大。其文章虽比不上唐宋八家那样见风见骨，但细细读来亦觉各有风韵。如钱开震《慎初堂记》中有这样一段："自古为政之道，莫妙于因，莫难于创。因则因民利以为利，因势之积以除弊，用力少而成功多，故曰妙。创则必实求其所以利，而预防其所其流弊，一有弗恨后莫能继焉，故甚难也。"见仁见智，且走笔不凡。

四家文章颇具同质，即崇尚古朴力求简工，我读过钱开震《创修奉化县署碑文》《慎初堂记》，赵万泰《思补堂记》《创建明伦堂记》，陈文卓《重修太平桥记》《泮宫文泉颂并序》，钱宗昌《泮池文泉记》等多篇文章，均无浮华艳荡之词，如燕地之山凡中见险，如越地之水平中见奇，洋洋洒洒，煞具边土之风矣。

四人中我尤喜陈文卓。他是个很特殊的人物。钱开震在《创修奉化县志序》中说："嗣闻畿南陈见三（号文卓），为安州宿儒，品望才名久播时誉，其为文章简古纯粹不求苟悦，于世年近五十未得博一第，犹从辟书为之佐，乃于辛巳岁延聘课儿子。"钱开震当时是知县，他的儿子就是钱宗昌，也就是说陈文卓是钱宗昌的老师。由是可推，此人很具性格。陈氏除前面所提及的文章外，我还读他的一篇《半园记》，颇有奇趣，恭抄于是，以娱诸君。

"予生鲜兄弟，自伤孤特久矣。而半世学业多半则止，即求区区科名亦倦于从事，若半途废然返故，尝自号'半夫'，予妹夫范阳鹿杏侪亦号'半人'，每相与称同调焉。岁甲申，予重游梨树城，安砚于署之西南隅船房，时当半夏。书室前仅半弓之地，半栽花半种木，插篱移石，不数日盆池竹树间苔藓半生，绿映户牖，翳然蓊然，俨乎其园也。及门钱生请以园名，予告之曰：有半夫驻此，应名半园。且而昼长吟罢抽半刻暇偕童辈汲水灌花，半避喧嚣，半以节劳逸。予则劳人草工，形神枯槁，如树半空，将对此半忘忧半觅句，亦客旅中强半之乐境也，不亦善乎？夫半之时义亦大矣。少食半饭不致病，少说半话不取祸，少折半腰可以自足，可以自强，而等解乎此，诚于读书做人之道，思过半矣。半云乎哉，因为是记。"

今之梨树亦多为文之士想此亦是慕古之遗风是也。

## 钱氏三代好诗文

在《治初文章四大家》中，我曾提及钱开震、钱宗昌父子。钱开震乃浙江仁和县人，光绪四年携家小来梨树，任奉化县首任知县。此人不但精于政道为官清廉，且尊贤重士酷爱诗文。在他的倡导和影响下，古之梨树曾一度出现了士喜读书人乐诗文之时尚。此中便包括他的儿子钱宗昌。宗昌初试武林，后曾官至吉林道署提法司使。在古奉化县《艺文志》中，收有钱氏父子诗文三十余篇（首），文皆古朴，诗多清新，颇显边土之风。

尽管对他们父子可以如此称道，但比起他们的后人钱来苏还是差得远了。钱来苏1884年生于梨树，是钱宗昌的第三子，乳名康邻，长成名拯，取字来苏。他自幼聪颖过人，少承父志，十九岁考入保定北洋高等学校，二十岁自费赴日留学，后因日俄战争归国，考入保定优级师范。来苏虽生自封建官宦之家，却很早就接受了新思想，他在二十二岁时曾协助其父创办《吉林日报》，并大力宣传反清救国。1910年加入同盟会，参加了辽阳新立屯起义。九一八事变后，他曾在哈尔滨任职，反对蒋介石的不抵抗政策。七七事变后，他为了抗日辗转到陕西宜川，在国民党第二战区司令长官署下当了少将参事。这时，他与共产党取得了联系，遂于1942年投奔了延安，走上了真正的革命道路。

据《梨树史志通讯》一篇文章介绍，来苏从11岁始，一生中写了2000余首诗。他的诗皆为古体，真实地记录了日俄战争、辛亥革命、五四运动、抗日战争、解放战争等革命史实，抒发了一个民族传人的爱国情怀。谢觉哉曾对他给予极高的评价，说他"浩气海可吞，贞节金难买""傲骨槎枒穹益健，热情澎湃老弥坚"。他的诗曾被收入《十老诗选》等书。为了纪念这位革命诗人，时代文艺出版社1985年还出版了《钱来苏诗选》收诗二百五十首。


# 夜　黑　国


今梨树县叶赫满族镇境内古有叶赫国，国初之时亦称为夜黑国。其祖为蒙古人，姓土默特，灭呼伦国居璋城的纳拉

部，因姓纳拉者讳此，遂迁诸梨树东南45公里的叶赫河畔建
国。

叶赫国最盛时期是在明朝万历之初，台楚之子青嘉努、杨吉努降服叶赫诸部，于国都建有东西二城（今古城遗址尚在），各居其一，皆称贝勒。万历十二年（1584年），二人被明将李成梁诱杀，青嘉努之子布齐、杨吉努之子纳林布录继称贝勒。

且说此际清太祖努尔哈赤发际于长白，定三姓之乱建国满洲。此时，塞外诸国叶赫最强，纳林布录傲为盟主，并欲向满州索要领壬之荣，于是遣书努尔哈赤，满洲不允，遂动干戈。先是呼伦四部合兵，后又聚蒙古三部、长白二部共击满洲，均为努尔哈赤大败。东城贝勒布齐被杀。为免巨伤，叶赫遂使和亲之计。先是继布齐为东城贝勒的布扬古（布齐之子）以女许努尔哈赤为妃，之后西城锦台什（纳林布录之子）愿以女配太祖之次子代善。万历二十五年正月斗酒立盟，兵戈暂息。后叶赫为联合蒙古以御满洲，又将原许代善之女许配了蒙古喀尔喀贝勒齐赛，背了前约，满叶关系复变。之后叶赫又采取远交近攻之策，乘哈达国内乱之机发兵，哈达不支，求于满洲，努尔哈赤允之，并派二将驻防其地。纳林布录闻之，出佯书于哈达贝勒，说能擒满洲二将，可将女儿与之为妻，孟格布录惑之，但事漏，遂被清祖所杀。万历四十年，叶赫盟国马拉国主布占泰背叛将自女妻努尔哈赤之盟，且虐待其妻（努尔哈赤之女），满洲震怒，遂

灭其国。布占泰逃到叶赫，清主派使臣索之未果，叶赫遂遭灭国之祸。

## 偏脸城址叹辽金

在《中国名胜词典》中有云：偏脸城在吉林省梨树县，为金韩州所在地。按史书记载，金初之韩州即辽之韩州，本在辽宁省昌图县的八面城，天德二年（1150）迁此。但按《梨树县志》记载，该城历史应比这更早。因为1116年（收国二年五月）金军南下，在照散城与辽兵会战，并破辽兵六万，很可能就是这里。能否肯定这与本文无关，总之，在辽金时代便有人烟居此。并从其出土的金、银、铜、铁器具，以及青砖，布纹瓦当，细泥硬灰陶，白釉粗瓷，陶瓷玩具和五铢钱，开元、熙宁、元祐、祥符、皇宗、至道等年号的铜钱可知，该城在800年前即是政治、文化较为繁荣的大城市了。

偏脸城在梨树城北昭苏太河之阳，居于丘陵之上，距梨树仅四公里稍余。城为方形，每边长一公里，四角有防守瞭望台，城外有护城河堤。因城在斜坡之上，西北高东南低，故俗称之为偏脸城。今日城址已难觅当年气派，不要说亭台楼榭，就是古《奉化县志》上所记的木龙泉、大孤梨树均已不可得。城中已垦为耕地，唯那些残砖废瓦还可寻出几分端倪。

《金史·太宗纪》天会六年（1128年）10月条载：金人俘宋徽、钦二帝，徙囚于是处。由此可见，偏脸城在辽金时代亦是军事要地。可惜辽被金灭，金又为元灭，由是，这座一度辉煌的古城便灰飞烟灭了。只留一段不灭的历史，在后人的史书上，在民间的故事里。

梨树设治之时，这座古城即早已荒芜不堪，这在志书和治初文人的诗文中皆可看到。如曲延在《昭苏城》中云：

　　蒙疆曾说塞分榆，

　　访古苍茫草欲无。

　　不有长河流不尽，

　　荒城谁识是昭苏。

再如陈文卓之《河前题》云：

　　城下河流不尽沙，

　　称名敢谓竟无差。

　　迷茫但据金源史，

　　我亦荒唐笑井蛙。

昭苏城即偏脸城之本名，想来是因昭苏太河而得之，昭苏太河如今尚在，可昭苏城却与辽金俱灭了。子在川上之语，抄来结篇可矣。

# 买　卖　街

梨树城俗称买卖街。梨树城本没有城，原只是一个地处昭苏太河畔的小屯落，名曰奉化屯。梨树城本在偏脸城下，为蒙王奉旨招垦后的新建之所。乃因处于古城遗址且屯落中又有一棵大孤梨树而得名。道光建元时，昌图厅欲设分防照磨官署于是城，后因隔河跑马不便，移城名与其属奉化，并设署于兹。奉化屯便变成梨树城了。

梨树城设署后，"商贾集市日兴，往来交易日繁，成为农副土特产品的自然集散地。"（《梨树县志》1961年本）因此，又俗谓之曰买卖街了。上述交代只是一种需要，绝无与今之史家争饭之嫌。笔者只想说及与买卖街有关但又不很紧要的一宗买卖。这买卖与这座小城一样古老，但却鲜为人知。这宗买卖做于民国，据史料记载，是在1923年。主事者为梨树县知事尹寿松。识文者没有不知文天祥的，这位南宋时期的民族英雄曾于金人狱中书一幅长达四十米字面的《正气歌》。这件珍贵的历史文物清末流入梨树，被一吴姓百姓收藏。尹知后，即掠来献给了奉天省长王永江，于民国十四年（1924）换了个热河省长。

据说，这幅字画后来被王永江送给了居在金州的日本上司，继而流入了日本皇宫。关于这些，康德六年《盛京时报》曾有文字记述，只可惜我们没法看到了。

## 古之名泉今何在

据古奉化县《地理志》记载，梨树境内多泉，可称为邑中胜迹者便有五处，梨树城内之文泉，县东二十五里之大丛泉，喇嘛甸北之大木龙泉，偏脸城中之小木龙泉，小城子北之古榆泉等。其中文泉当推其首，时之文儒多有记颂。笔者所见诗文中，当属濡阳陈文卓及门人钱宗昌的文章为最佳。

陈文卓曾作《泮宫泉颂并序》，其序尤为简工，兹录于此："光绪己卯创建奉化，学宫初择基本在蒲邸地局之南，嗣以延缓，遂改构迤西高阜之地，取吉兴工，殿庑告成，泮池甫凿而双泉出焉。夫岂非数也？其在礼曰：'天子以德为本，以乐为御；诸侯以礼相与大夫，以法相序士，以信相考；百姓以睦相守天下之肥也'是谓。大顺又曰：'天不爱其道，地不爱其宝，人不爱其情，故天降膏露，地出醴泉。'宋苏文忠自言其文如万斛泉，源不择地而出，观乎此者，盖又理象之自然也，礼运也，文运也，是之谓乎？名之曰文泉谁曰不宜？"

钱宗昌文章亦得师道，其《泮池文泉记》记曰："梨树在边塞迤北，地属蒙古。腹地人寓杂，处俗鲜礼义之教，地无山水之观，荒僻为甚。光绪四年春改设县治，且立学校，家君作宰是邑，明年偕司铎赵公修建学宫。爰启殿宇凿泮池，池成适双泉出涌，夹桥座左右各一，若豫卜者然。越三年，陈夫子来客是帮，见而奇之，名曰文泉。"

由斯二文可知，文泉当在古梨树城学宫院内，即文庙处。文庙遗址尚在（梨树二中院内），只是文泉已早不可得了。其他各泉或闻其名或见其形，但已均无当时之盛观。笔者八年前曾去偏脸城西我师父作凡处做客，闻室北里许有双泉比肩，与舍子踏雪访之，时适隆冬沸沸汤汤，甚可称奇也。若志所云，小木龙泉当在偏脸城中，此泉当非彼泉也。

## 闲话四平街

古之梨树地域广大，为奉天省与吉林省的界县，北至辽河，南至山门，界于吉林的怀德、伊通与奉天的昌图、双山之间，古之四平在光绪年间隶属于奉化（梨树县古为奉化县）的新恩社，原为荒野一片。光绪二十四年，沙俄践于斯土，并役民于是处修筑中东铁路的南满支路，路成，设站于兹，称为五站。设站后此处始破洪荒，流民日多，商贾渐集，购地造宅，开门设坊，始具小街之容。光绪三十年日本侵略者又临斯土，五站经历了历时一年的日俄战争。光绪三十二年，俄寇败北，日本人获取了南满铁路所有权。日本人占领后，又对五站进行了进一步的开发，并将站西四平街的名字移于是处，于是五站就变成了四平了。此时为宣统年间，四平隶属于奉化县的南一乡。

1911年，辛亥革命推翻了清朝，成立了中华民国。民国三年，按奉天省令改奉化县为梨树县。彼时四平属梨树之南镇区，已是一座与县城梨树相差无几的小城了。民国六年，张作霖修四郑铁路，之后梨树县政府又对四平街进行了一次大规模的开辟，使之超出了县城模制，并且成了东北铁路的交通枢纽。

伪满州国成立后，四平便完全落到日本人手里，他们不但在那里屯兵，而且不断役民开发，到1937年，四平便发展成一座东北可数的中等城市。伪满洲中央政府将四平从梨树划出，立为市制。由是，四平便不再隶属于梨树了。

## 塾师岳景岐

古之梨树，邑人皆慕庠序之风。所以，除官办学馆外，尚有众多私塾。塾必有师，师者大多名门之子书香后裔，或举人，或秀才，一般均有名分。然邑中刘家馆岳氏塾师却是例外。他虽只读过十二个月冬塾，却在本土及张俊窝堡、勿兰屯、保康等地为师设塾二十余年，有门生四百之众，深受时人之爱戴。

岳氏生于1900年，名景歧，字凤鸣。读十二个月书之后就不得不辍学就耒。然他少怀壮志，边耕边学。无笔则以树枝代之，无纸则以大地为纸，无书则借，无灯火则以香火于瓮中照明。他读过的书上均有火痕，他读过的诗文均能咏诵，且精于书法，好为诗文。近读其遗作一卷（为其子振文所辑），深为惊叹。岳氏历经晚清、民国及伪满。诗文语言亦是文白各半。但其文其诗均质朴无华，如里中之杨柳，如草间之春溪。其思想亦多深邃，或击时弊，或叹人生，或感时即景，或悼亡念亲，皆言之成理，启人深思。在其诗文中，我尤喜其《读书之乐》和《悼亡妻》二诗。

> 读书之乐乐如何
>
> 化性移情返太和
>
> 学至如愚凡亦圣
>
> 毋须禅坐念弥陀
>
> ——《读书之乐》

> 双山城外雪融融
>
> 东郭黄土已埋卿
>
> 宫鞋纤袜皆遗恨
>
> 残脂剩粉尽伤情
>
> 巫山空怀鸾凤侣
>
> 鹊桥不渡牛女星
>
> 早知今日应拆散
>
> 曾悔当年不北行
>
> ——《悼亡妻》

当然，以诗学论之，上两首未必很工，但它出自塾师之手，这就不能不叫我们惊讶了。岳氏命薄，只活了四十八岁就告别了人世。用岳氏文集序言中的话说："他老人家忧国忧家，积劳成疾，壮志未酬，早年逝世，诚为我子孙无福，岳氏门中之一大损失。"好在岳氏子孙争气，不但留其文，且承其志，他老先生在九泉之下当得慰矣。